D1666541

Erkekler Balığa Benzer

Erkek avlamak için
kadınların bilmesi gerekenler

ERKEKLER BALIĞA BENZER

Orijinal adı: *Men Are Like Fish*
© Steve Nakamoto 2002
Yazan: Steve Nakamoto
İngilizce aslından çeviren: Seynan Levent

Türkçe yayın hakları: © Doğan Kitapçılık AŞ
1. baskı / şubat 2007 / ISBN 978-975-293-535-8

Kapak tasarımı: Yavuz Korkut
Baskı: Mega Basım, Çobançeşme Mah.
Kalender Sok. No: 9 Yenibosna - İSTANBUL

Doğan Kitapçılık AŞ 19 Mayıs Cad. Golden Plaza No. 1 Kat 10, 34360 Şişli - İSTANBUL
Tel. (212) 246 52 07 / 542 Faks (212) 246 44 44
www.dogankitap.com.tr / editor@dogankitap.com.tr / satis@dogankitap.com.tr

Erkekler Balığa Benzer

Erkek avlamak için kadınların bilmesi gerekenler

Steve Nakamoto

Çeviren: Seynan Levent

İçindekiler

Giriş... 9

1. Kitap..**17**
Aşkta farklı bir açı

2. Atasözü.. 25
Erkek kadının peşinden kadın onu yakalayana kadar koşar

3. Mecaz.. 33
Erkekler balığa benzer

4. Balıkçılık dersleri................................... 43
Hazırlığınızı iyi yaparak şansınızı artırın

5. Acemi şansı... 53
Yitirdiğiniz masumiyete yeniden kavuşun

6. Kaçan büyük balık..................................61
Bırakın, kaçan büyük balık gitsin

7. Balık oltası.. 69
Kendinize güveninize sıkıca sarılın

8. Yem... 77
Çekiciliğinizin daha güçlü olmasını sağlayın

9. Olta ipi... 87
Sohbette ipleri elinizde tutun

10. Olta iğnesi... 95
Sadece en güvenli aleti kullanın

11. Büyük balık.. 103
Ne yakalamak istediğinize tam olarak karar verin

12. Balığı bol yerler................................. 113
Zamanınızı en iyi noktalarda harcayın

13. Kalabalıklar 123
Yarış pozisyonu alın

14. Olta atmak 133
Erkekleri köktü yaklaşımlarla ürkütüp kaçırmayın

15. Gizli engeller 143
Gizli pürüzlerden sakının

16. Ufak balık vuruşları 151
İlk tepkileriniz bilgece ve ölçülü olsun

17. Oltaya vurmak 159
Olta iğnenizi iyi hazırlayın

18. Karaya çekme 169
Balığı kepçenize atın

19. Yakala ve bırak 179
Romantizmi öldürmeyin

20. Büyük balık 187
Yolculuğunuzun tadını çıkarın

Balıklar (erkekler) için gizemli öğütler 192
Yem testi üzerine notlar 193
Büyük balık testiyle ilgili birkaç not 194
Online flörte giriş 195
En iyi balıkçılık arkadaşları 196
Bir bekâr ne zaman ürker? 197
Erkekleri kaçırmak üzerine notlar 202
Savunmasız bir erkek nasıl yakalanır? 203
Yedi duygusal açlık 204
Balıkçılar için öfke yönetimi 205

Giriş

Sevgililer Günü haftasında HBO'nun Sarah Jessica Parker'ın başrolünü oynadığı sıcaktan daha sıcak pazar gecesi liste başı dizisi "Sex and the City"nin 2001-2002 sezon finalini izledim.

Bu final bölümüyle ilgili *USA Today*'in hafta sonu ekinde izleyiciler için bir destek yazısı çıktı: "HBO'nun 'Sex and the City' dizisi, sezonunu yitirilmiş romantik şanslara ve New York'un yıkılmaz görkemine gerçekten hoş bir selamla kapatıyor. Mükemmel bir veda bu dizinin en olgun sezonuna."

Bu popüler dizinin bir hayranı olarak, bana çoğu kez nice farklılıklarına karşın, erkekler ve kadınlar aslında aşk hayatında aynı şeyi isterler gibi gelir. Her iki taraf da aşağıdaki karışımdan oluşan bir aşk ilişkisi düşler:

♡ Güçlü bir tutku

♡ Güzel romantik bir aşk

♡ Destekleyici bir arkadaşlık

♡ Derin bir dostluk

♡ Fazlasıyla eğlence

♡ Kişisel gelişim

♡ Fazlasıyla öz saygı

♡ İçsel huzur

Ne yazık ki çok az insan düşlediği gibi bir aşk ilişkisi yaşayabilir. Peki bunun sebebi nedir?

Birçok insan bunu şanssızlığa bağlar. Ama ben, bir insanın tüm yaşam akışındaki bir başarı eksikliğinin, daha çok yanlış kararlar vermekten kaynaklandığını iddia ediyorum.

Her yaklaşımı denediği halde hâlâ büyük bir aşk yaşamanın yakıcı arzusunun azminde olanlar için, işte taze, yenilikçi, iyi bir erkeğin kalbine girebilmenin yollarını gösteren, heyecanlı, tamamlayıcı ve tükenmeyen bir aşk ilişkisine götüren bir bakış açısı.

Her zaman düşündüğünüz gibi düşünmeye devam ederseniz, her zaman yaptıklarınızı yapmaya devam edersiniz, her zaman elde ettiklerinizi elde edersiniz.

Bir erkek olarak kesinlikle kadınların nasıl düşündüklerini ve hissettiklerini bildiğimi iddia etmiyorum. Ayrıca her kadının mutluluğu yakalaması ve doyumlu bir yaşamı olması için ille de bir erkek yakalaması gerektiğini düşünecek kadar da aptal değilim. Daha ziyade asırlık "Aşk nasıl oluşur?" konusuna yeni ve değişik bir yol öneriyorum. Hepimiz çok iyi biliyoruz ki aşk ve romantizm hakkında (ilişki öğütleri konusunda) her şey daha önce söylenmişti. Bu yüzden size birçok durumda sadece "öğüt" vermenin aşk yaşamınızı iyileştiremeyeceğini söylemeye devam edersem bu sizi şaşırtmayacaktır. İnanıyorum ki, yaşamınızı çarpıcı bir şekilde değiştirecek şey, etkili düşünme yöntemleri kullanmanızdır. Burada bulacaklarınızın birkaçını saymak gerekirse, çekici olmak, bir erkeğin değerinin nasıl ölçülmesi gerektiği, nerelerde iyi erkeklerle karşılaşılabileceği, neyin aşkı ürküttüğü, sarsılmaz bir duygusal bağ yaratmanın yolları ve onu sarmalamak için alınacak ustaca kararlar olacaktır.

Gerçek dişi gücü

Bu kitabı okudukça bir ilişkide gücü elinde bulunduranın erkekten çok kadın olduğunu anlayacaksınız. Kadınlar bunu erkekleri arzudan çıldırtarak, duygusal olarak onları dişilikleri, tatlılıkları, uysallıkları, sıcaklıkları, cazibeleri, anaç bilgelikleri, dürüstlükleri, zarafetleri ve insani idealleriyle oltaya takarak ve yüreklerini gerçek aşkın tinsel doyumuyla hoplatarak yaparlar.

Aydın bir kadın, tipik bir erkeğin aşkın görünen ya da görünmeyen tüm renklerini tam olarak anlamasını beklemez. Aşk yaşamının idaresini eşini seçerek, bilgece üzerine alır, ilişkinin adımlarını ve yolunu kontrol eder, erkeğin güçlü cinsel dürtüsünün dizginlerini elinde tutar ve erkeğe daha sevecen biri olarak ruhunu nasıl zenginleştireceğini anlatır.

Bu kitap oturup beyaz atlı prensinin gelmesini bekleyen edilgen bir kadın için değildir. Bu kitap, aslında hâlâ gerçek aşkı düşleyen, olayları biraz farklı açılardan görmek isteyen ve böylece arzuladığı aşk yaşamına yön vermek isteyen kadın için değerli bir kaynaktır.

İstediğiniz aşkı yakalayın

Bu kitabın temel konusu:

> **Erkekler balığa benzer.**
> **Karakterli, iyi olanı, hareketli olanı ve**
> **verecek tonlarca aşkı olanı sizin gibi biri**
> **tarafından yakalanabilir.**

Bu modern bilgi çağında, sadece temel farkındalık ya da yaşamın en önemli değerleri konusundaki bakış açılarından yoksunluk nedeniyle aşkı kaçıranlardan olmak istemezsiniz.

İngiliz şair Robert Browning'in (1812-1889) zaman tanımayan bilgeliğini anımsayın, şöyle yazmıştı: "Dünya, tüm sanatlarına, şiirine, müziğine... karşın bulunmuş, kazanılmış ve elde tutulmuş aşktan yoksunsa ne değeri vardır ki?"

Geçmişte yaşadığınız ilişkiler sizi kızdırdıysa, aklınızı karıştırdıysa, hüsrana uğrattıysa ya da erkeklere karşı düş kırıklığı yarattıysa bile yine de gerçek aşkı bulma hayallerinizden vazgeçmenizi gerektirecek akıllıca bir neden yoktur. Düşlerinizin erkeğini bulmanın ve elinizde tutmanın güç bir süreç olduğuna inanmıyorum. Bir erkek yakalama konusunda her kadının bilmesi gereken en basit şey, iyi bir erkeğin aşkını kazanmak için izlenecek yol ile deneyimli bir olta balıkçısının avlanma yöntemlerinin aslında birbirine çok benzediğidir.

Bu kitapta sunulan fikirler ile daha önceki deneyimlerinizden elinizde kalanları alıp yeni yetkilerle donatılmış davranışlar yaratabilir, duygusal paketinizi yeniden tasarlayıp, ince kişisel stratejiler geliştirerek, aşk yaşamınız için daha etkin, daha eğlenceli bir plan geliştirebilirsiniz.

Tüm ihtiyacınız olan taze bir başlangıç, kendinize karşı daha çok sevecenlik duymanız ve başarılı olmak için dur durak bilmeyen bir arzu, gerekli ölçüde dişi yaratıcılık, mizah duygusu ve karşı taraftan biraz yardım alabilmek için gereken bilgeliğe sahip olmaktır.

Eğer balıklar konuşabilseydi kendisini tutmak ve eve getirmek için gerekli olanın bunlar olduğunu dürüstlükle söylerdi.

Erkekler, balıklar, oltanın iğnesinde, ipinde, kamışın ucunda takılı olanı, gerçek aşkı, bir lokmada ısırmayı sabırsız bir arzuyla bekleyenlerdir.

Bol şanslar ve mutlu avlar, rasgele!

Tapınağa giren adamın biri
sorular sormakta ve aydınlanmayla ilgili fikirlerini
durmaksızın nutuk atar gibi anlatmaktadır.
Zen rahibi adamı sessizce dinler ve konuğun
fincanına çay doldurmaya başlar.
Konuğun şaşkın bakışları altında, fincan dolmuş
olmasına karşın rahip çay koymaya devam eder.
Çay, masanın üzerine ve yere akar.
Şaşkın adam rahibe sorar: "Fincan dolmasına
rağmen neden çay koymaya devam ediyorsunuz?"
Zen rahibi yanıtlar: "Size tıpkı bu çay fincanına
benzediğinizi göstermeye çalışıyorum.
Öylesine çok önyargıyla dolusunuz ki hiçbir şey
sizi durduramıyor. Siz fincanınızı boşaltmadan
size aydınlanmayı anlatamam."

*İyi bir balıkçı olmanın yolu
dere kenarına gidip alabalıktan
birkaç öğüt almaktan geçer.*

Gwen Cooper ve Evelyn Haas
Wade a Little Deeper'ın (1979) yazarları

Erkekler balığa benzer

Kitap

AŞKTA FARKLI BİR AÇI

Ve işte mucize budur:
Sisin dağılması, sezgide değişim,
aşka dönüş.

Marianne Williamson
A Return to Love: Reflections on the Principles of A Course
*in Miracles'*ın (1992) yazarı

Romantik bir ilişki arayışında olan kadınlar, "Erkekler çıktıkları kadınları nasıl değerlendirirler?" sorusunun cevabını hep merak ederler. Romantik reality show programlarının çıkışıyla bu sorunun ve diğer birçoğunun yanıtını almaya başladık.

2002 yılının kışında ortalama 27 milyon televizyon izleyicisi, ABC televizyonunun zamanın en çok izlenen romantik reality show programı "Bekârlar"ın son bölümünde 28 yaşındaki Missouri'li bankacı Aaron Buerge'in diz çöküp, 27 yaşındaki New Jersey'li ilkokul psikoloğu Helene Eksterowicz'e evlenme teklif edişini izledi.

Buerge'in 25 adayla iki ay boyunca flört ettiği programın, aralarından birini seçtiği iki saatlik final bölümü zirve yaptı ve tüm ülkede meraklı izleyicileri televizyonlarının başına kilitledi. Her ne kadar romantik ortam gerçekçi değilmiş gibiyse de ilgili kişiler gerçek ve doğal görünüyorlardı.

ABC'nin "Bekârlar" programı, bir erkeğin olası bir talibini reddederken ya da kabul ederken kafasının içinde neler olduğunu merak eden yaşları 18 ve 34 arasında değişen çok büyük bir kadın izleyici grubu tarafından ilgiyle izlendi. Aslında bu kadınların büyük bir bölümü, deneyimlerinde yararlanmak üzere bir erkeğin ilgisini çekebilmek ve aşkını kazanabilmek adına neler yapılabileceğinin ipuçlarını arıyorlardı.

"Bekârlar" bazıları için iki ay süren rahatsız edici ateşli bir gösteri, flört rüyaları, kadınlar arası kavga dövüş, duygusal çöküşlerden başka bir şey ifade etmezken bazıları içinse günümüzde kadın ve erkeğin nasıl benzer şekillerde âşık olduklarını görmenin klasik bir örneğiydi.

"Bekârlar"ı eleştirenler, programda gerçek aşka yüzeysel bir şekilde yaklaşıldığına vurgu yapıyorlardı. Bununla beraber, yaşam boyu sürecek bir eş arayışındaki bekâr bir kadının mücadelesi yani rüyalarının erkeğini nasıl etkileyeceği, onu kendine nasıl âşık edeceği ve sonuç olarak erkeğini evliliğe nasıl razı edeceği bir gerçektir.

Bu, kadınların nasıl flört ettikleriyle ve bu süreçte ne tür kritik deneyimler geçirdikleriyle ilgili bir kitap. Umudum, ABC'nin "Bekârlar" ve "Bekârlar Evi" NBC'nin "Sıradan Joe" gibi romantik reality show ve daha ziyade bir komedi programı olan "Blind Date" ile birlikte gündeme yerleşen ve bizim aşk hayatımızı da ilgilendiren kalıcı, oyalayıcı birçok soruya bu kitapta yanıt verebilmek.

Son gülü hangi kadın alır?

ABC'nin "Bekârlar" programına katılan her bayan yarışmacının nihai hedefi son gülü almaktır.

Gerçek yaşamda da amaç benzerlik taşır: Herkes tarafından arzulanan bir adamın gerçek aşkına sahip olmak.

Şaşırtıcı olan, son gülü alanın her zaman aşağıdaki niteliklere sahip olmamasıdır:

♡ en güzel

♡ en kendinden emin

♡ en zeki

♡ en genç

♡ en renkli

♡ en seksi

♡ en tatlı

♡ en nitelikli eş adayı

Onu heyecanlandıran, uyum sağlayan ve mutlu eden, istediği erkeğin dikkatini, kalbini çelebilen ve onu elinde tutabilen kadın, sadece en zeki ve aşk oyununu en iyi oynayabilendir.

Akıllı kadın en iyileri on ikiden vurur

Webster sözlüğü "akıllı" tanımını "zihinsel olarak parlak; keskin ya da kıvrak zekâ sahibi; yetenekli, yaratıcı" olarak yapıyor.

Ben bu kitapta "akıllı" kelimesini, bilgisini, dirayetini, yaratıcılığını, yeteneğini, becerisini ve sezgilerini gizemli bir şekilde harmanlayıp, başkalarının yararlanamadığı aşk fırsatlarından faydalanabilen zeki bir kadını tanımlamak için kullanacağım.

Bu akıllı kadınlar mükemmel aşklar yaşarken, daha az bilgili kadınlar daha kalitesiz –çok heyecan verici, derinlikli, tutkulu, doyurucu, neşeli ve uzun soluklu olmayan– aşk ilişkileriyle yetinmek zorunda ka-

Bu tıpkı onlarla birlikte yüzerek
bir balık yakalamaya çalışmak gibidir.
Suya tekrar tekrar girmeye zorlarım kendimi.
Değişik nehirler denerim.
Kulaçlarımı değiştiririm.
Ama hiçbirinin yararı olmaz.
Sonra olta kamışı ve balık yemlerinden
söz eden, oltanın nasıl fırlatılması gerektiğini,
ip gerilince ne yapmak gerektiğini anlatan bir kitap
geçer elime. Can sıkıcı yanı,
işe yarayacağını bilmektir.

Melissa Bank
Kadınca Avlama ve Balık Tutma (1999)
kitabının yazarı

lıyorlar daha da kötüsü elleri boş kalabiliyor.

Ama ne kadar şanslısınız ki akıllılık, bir azınlığın tekelinde değil. Bu kitapta, akıllılığın kazanılmış bir yetenek olduğunu ve ciddi bir çalışma, keskin gözlemcilik, deneyimlerden yararlanma ve ince bir alıştırmayla geliştirilebileceğini göstereceğim sizlere.

Size romantik bir aşk yaşamı için gerekli tecrübeyle ve sağduyuyla örülmüş bir model sunacağım. Burada amacım, erkeği kavrama ve değerlendirme konusunda sizlere yeni fikirler sunmak ve bu sayede sunduğunuz sevginin karşılığını alabilmenizi sağlamak.

Kararlarınızı sonsuz bilgeliğe dayandırın

Akıllı bir kadın, özellikle erkeklerden gelen kötü ilişki tavsiyelerine kuşkuyla yaklaşmalıdır. Ben sizlere vereceğim tavsiyelerde sonsuz bir bilgelik öğretisini temel aldım. Bu kitabın ana çatısı köklerden başlayıp yükselen bir ağacınkilere benzer. Bundan şunu kastediyorum:

Kökler: Bir Amerikan atasözü şöyle der: "Erkek, kadının peşinden, kadın onu yakalayana kadar koşar." Bu saptama kitabımızın felsefi desteğidir. Bu asırlık deyişin bilgeliği olmasaydı kitabımız temelsiz bir fikirden öte gidemezdi.

Ağacın gövdesi: Benim için mesajımı aktarmanın en basit ve etkili yolu "Erkekler balığa benzer" benzetmesine dayanmak oldu. Bu güçlü düşünme aracıyla kadınların bütün yapması gerekenin kavramsal olarak, deneyimli bir avcının büyük bir balık tutarken oltayla yaptıklarını öğrenmek olduğunu anlatmaya çalıştım.

Dallar: Bir ilişkideki üç temel mesele, erkeğin ilgisini çekmek, onu elde etmek ve elinden kaçırmamaktır. Balıkçılık deyimlerine çevirecek olursak: ilgiyi çekmek, oltanın ucundaki yem; elde etmek, olta iğnesi ve elinden kaçırmamak ise ağdır. Balıkçılıkla ilgili, misina, büyük balık, gibi diğer kavramlara da ilerleyen bölümlerde değineceğim.

Yapraklar: Bu kitapta dikkati çekecek diğer unsurlar da, kişisel gelişim için iyi araştırılmış öğütler, popüler karikatürler, uluslararası bilgece deyişler, yazarlardan, düşünürlerden aşk ve yaşam üzerine asırlar boyu söylenmiş esprili alıntılar olacak. İyi olduğunu düşündüğüm yığınla örneği eledim ve size en yararlı olabilecekleri kullandım.

Bu yöntemi takip ederek, felsefi temelde harika bir ilişki, iletişim ve kişisel gelişim tavsiyeleri kazanacaksınız.

Algıda değişim yaşamınızı değiştirecek!

Bu kitabın temel hedefi, eğlendirerek öğretmektir. Ayrıca, kitabın, gizemleri ortadan kaldırarak, korkularınızın önüne geçerek, kendinize güvensizliğinizi aşmanızı sağlayarak aşk yaşamınıza taze bir esin kaynağı olacağını umuyorum. Romantik aşk gibi karmaşık bir konuda hiçbir kitaptan tam anlamıyla çözüm üretmesi beklenemez. Ama ufak rehberlik ve ilişkilere yön verme konusundaki kavrayışınızdaki bir değişim sayesinde aşk hayatınızı, aydınlamış bir serüvenci coşkusuyla yeniden keşfedebilirsiniz.

> Serüven kendi içinde bir son olabilir.
> Kendini keşfediş, cüreti tutuşturan gizli bileşimdir.
>
> Grace Lichtenstein
> *Machisma*'nın (1981) yazarı

Eski bir Çin atasözü bilgece şöyle der: "Binlerce millik bir seyahat ilk adımı atmakla başlar." Tebrikler! Bu kısa giriş bölümünü okuyarak siz aşka yapacağınız yeni seyahatin ilk adımını atmış oldunuz. Burada sizden tek istenen şey, sonuçlara odaklanmanız (tam anlamıyla sevecen biri olmanız ve böylece yaşamınıza sevgi üreten kişileri ve durumları cezbedebilmeniz), akıllı kararlar verebilmeniz ve "aşk için avlanma" sürecinden sonuna kadar zevk alabilmeniz.

Sonuç olarak

İyi bir rehber kitabı ya da detaylı bir harita satın almadan hiçbir şeyi incelemeye ya da bilmediğiniz bir yere geziye çıkmaya kalkmayın. Tabii ki gerçek aşk için yapılan o hiç bitmeyen, meydan okuyan, kafa karıştıran yolculukta yolunuzu kaybetmek istemiyorsanız.

İki

Atasözü

ERKEK KADININ PEŞİNDEN
KADIN ONU YAKALAYANA KADAR KOŞAR

Erkek kedi gibidir; kovalarsanız kaçar.
Görmezden gelirseniz ve aldırmazsanız
gelip ayağınıza sürtünür.

Helen Rowland
A Guide to Men (1992) kitabının yazarı

Kitabımın konusuyla ilgili kadınlardan aldığım en yaygın şikâyet, "Neden her şeyi biz kadınlar yapmak zorundayız?" olur.

Şöyle şeyler söyleyenler de oluyor: "Varsayalım ki ben prensesim ve o da benim parlak zırhlı şövalyem, peşimden koşması gerekmez mi? Neden hâlâ görünmedi?" Bu soruya verdiğim yanıt hep şu Amerikan atasözünde saklıdır: Erkek kadının peşinden kadın onu yakalayana kadar koşar.

Smithsonian dergisi tarafından dünya atasözleri uzmanı olarak ilan edilen Wolfgang Mieder şöyle yazmış: "Atasözleri bildik gerçeklerin, halk arasında özlü geleneksel deyişler olarak ifade edilmesi şeklinde tanımlanabilir. Daha açıkça ifade etmek gerekirse, atasözleri kısadır, genellikle halkın kullandığı bilgelik, gerçeklik ve geleneksel bakış açılarını kapsayan görüşlerin, mecaz anlamlar taşıyan, rahatlıkla akılda kalıcı ve kuşaklardan kuşaklara sözel olarak aktarılma biçimidir."

Atasözleri uzun deneyimlerden ortaya çıkmış
kısa deyişlerdir.

Zola Neale Hurston
Moses: Man of the Mountain (1939)
kitabının yazarı

"Erkek kadının peşinden kadın onu yakalayana kadar koşar" atasözü Amerika'da kuşaktan kuşağa aktarılmış gerçeklikler taşır. Anneannenizin zamanında gerçek olan genel anlamda bugün de gerçekliğini koruyor.

Bu kitapta diğerlerinin uzun yıllarda oluşan deneyimlerinin, aşkın dar yollarında bize rehberlik etmesini sağlayacağız.

28

Aşk paradoksu bilmecesi

"Erkek kadının peşinden kadın onu yakalayana kadar koşar." Aslında bu cümle paradoksa bir örnektir. Paradoks, "mantıkla çelişir gibi görünen, ama doğru olan söz" olarak tanımlanabilir.

Atasözümüzde birçok kadına ve erkeğe çelişkili gibi gelen, yakalama işleminin kovalayan (saldırgan taraf) tarafından değil, kovalanan tarafından gerçekleştirilmesidir.

Erkeğin arzusu kadındır, ama kadının arzusu,
genellikle erkeğin arzulamasıdır.

Samuel Taylor Coleridge
İngiliz şair (1772-1834)

Yakalayan erkek olduğunda rahat duramama eğilimdedir, yolu şaşırıp yoldan çıkabilir, onun için önemli olan avlanma süreci olduğundan, yeni avlar için can atar, birçok balığı birden avlamak ya da en büyük balığı avlamak arzusuyla yanıp tutuşmaya başlayabilir.

Birçok erkek için aşk olayının heyecan verici yanı, avın meydan okuma sürecidir. Ve birçok erkek yaşamının büyük bir bölümünü yeni ve daha büyük avların heyecanına kapılarak geçirir.

Halbuki yakalayan kadın olduğunda, bu erkekte duygusal bir tutkunluk yaratır ve kadının kıymetini bilir. Bu nedenle de av durumunda olan erkeğin yoldan çıkma olasılığı düşüktür ve erkek tek gecelik kaçamaklar yaşama durumundan uzun süreli bir ilişki nesnesi olma durumuna isteyerek geçiş yapar.

Avlayan erkek

Amerikalı mizah yazarı ve *Why Men Hate Women* kitabının yazarı Gelett Burgess (1866-1951) şöyle yazmış: "Erkekler yakalanması zor kadınların peşine düşerler, tıpkı banyo küvetindeki ıslak bir kalıp sabun gibi, banyo yapmaktan hoşlanmayan erkekler bile."

Erkeğin peşine düşüp onu avlamayı seçen kadınlar insan doğasını karşılarına alma riski taşırlar. Beş milyon yıllık evrim süreci erkeğin etkin avcı, savaşçı, fatih rollerini öne çıkardı ve son yıllarda bu rollere, saldırgan işadamı ve hafta sonu rekabetçi atlet rolleri de eklendi.

Bir kadının peşinden koşmaktansa onun arzu nesnesi olmak birçok geleneksel erkeğin güdüsel olarak kendini tuhaf hissetmesine neden olacaktır.

Zeki ve bilgili bir kadın, erkeğin bu temel saldırgan yapısını kavrayıp onu cezbetmeye çalışırken avcı rolünü sürdürmesine de olanak sağlar. Çünkü bu kadın avcı rolünü oynarsa erkek korkacak ve ters yöne kaçacaktır.

Aslında
erkek diye bir şey yoktur.
Onlar büyümüş oğlanlar,
orta yaşlı oğlanlar, yaşını başını almış
oğlanlar hatta bazen de
çok yaşlı oğlanlardır.
Ama esas fark sadece dış görünüştedir.
Erkeğiniz her zaman
bir oğlan çocuğudur.

Mary Roberts Rinehart
Isn't That Just Like a Man (1920) kitabının yazarı

Avlayan kadın

Tüm kontrolü erkeğin elinde tutması yerine, kadının dişi cazibesiyle erkeğin aklını başından alıp büyülemesi durumunda aşk sanki daha iyi yürür.

Bir erkeğin eski benliğinden kaçmasının tek bir yolu vardır: Başka bir ben bulmak, ki bu da bir kadının gözlerindeki aynaya yansıyandır.

Clara Boothe Luce
Amerikalı gazeteci (1903-1987)

Örneğin ilk dönemlerinde aktör Warren Beatty efsanevi bir Hollywood çapkını olarak tanınırdı. *2001 People Haftalık Almanağı*'na göre "birçok ünlü aktristin kalbini kırmıştır, ki bunların içinde Natalie Wood, Leslie Caron ve Joan Collins de vardır. Hatta Collins gardırobunda neredeyse bir yıl boyunca bir gelinlik bulundurmuştur."

Warren Beatty'nin daldan dala konduğu günler, sonunda aktris Annette Benning onun uslanmaz kalbini ele geçirince sona ermiştir. Beatty, 1991 yılında 54 yaşındayken Benning'le evlenmiş ve tam anlamıyla bir aile yaşamını seçmiştir.

Beatty geçenlerde, "Benim için cinsel heyecanın en üst düzeyi, ancak tekeşli bir ilişkide yaşanandır" demiştir.

Görülüyor ki bir erkek eğer rahata erecekse bu avcı olduğu zaman değil, ancak bir kadın tarafından avlandığı zaman gerçekleşecektir.

Eninde sonunda romantik bir ilişkinin yaşanıp yaşanmayacağı kararını veren erkek değil kadındır.

Aşk hakkında değişmeyen kimi şeyler

Bu kitap, yararlı fikirlerle dolu olmanın yanı sıra sağlam kuralları da temel almıştır.

Sağlam ve doğru kurallar derken, Stephen R. Covey 1989 yılında çıkardığı çok satan kitabı *Etkili İnsanların 7 Alışkanlığı*'nda şöyle der: "İlkeler sınırlardır. Değerler haritalar. İlkelere değer biçerken nasıl oldukları gerçeğini bilmemiz gerekir."

"İlkeler" doğruluğu zamanla sınanmış kılavuzlar, kurallar, kanunlar, deneyimler veya bilgeliğe ve gerçekliğe dayandırılmış etkili eylem metotlarıdır. Bu ilkeler bilimsel, matematiksel, yönetimsel, mali, psikolojik ya da manevi olabilir.

Zeki ya da daha doğrusu bilgili bir kadın, istediği aşkı bulma, cezbetme, seçme, elde etme, elinde tutma, geliştirme ve zevk alma yolundaki stratejik planlarını ve eylemlerini iki temel ilkeye oturtur:

Erkekler avlar
&
Kadın yakalar

Bir kadının bunun tersini yapması, yani, avlanması, baskı uygulaması ya da erkeğin peşinden koşmaya kalkması başarı ve mutluluk getireceğine daha çok hayal kırıklığı ve yenilgiyle sonuçlanır. Günümüz karmaşasında kimi şeylerin değiştiğini varsaysak bile bu çok uzun zaman alıyor. Hele bu genellikle kadın ve erkek arasında oynanan geleneksel bir aşk oyunuysa bu saptama özellikle geçerli oluyor.

> Aşk yakalamaya kalkarsan elinden kaçırdığın,
> ama sessizce oturup beklersen
> üzerine konabilecek bir kelebek gibidir.
>
> Nathaniel Hawthorne
> Amerikalı yazar (1804-1864)

Gerçekten arzuladığınız bir erkeğin kalbini ele geçirmek istiyorsanız, kovalayanın ve yakalayanın aslında kendisi olduğunu düşünmesini sağlayın. Burada size düşen rol, daha incelik isteyen daha zarif bir iştir; ilgi çekmek ve ikna etmektir.

Sonuç olarak

İyi bir balıkçı bilmelidir ki, yaşamda ve aşkta sürekli bir başarı için, insan düşüncelerini, inançlarını, yargılarını, davranışlarını, kararlarını, beklentilerini, stratejilerini, becerilerini ve eylemlerini doğruluğu zamanla sınanmış ilkelere dayandırmalıdır.

Mecaz

ERKEKLER BALIĞA BENZER

En önemli şey
mecaz sanatında usta olmaktır.
Bu başkalarından öğrenemeyeceğiniz tek şeydir,
aynı zamanda bir deha göstergesidir.
Çünkü iyi bir mecaz bir benzerlik de ifade eder.

Aristoteles
Eski Yunan filozofu (İÖ 384-322)

İnsanların "ilişki" ve "avcılık" kelimelerini nasıl birlikte kullandıklarına hiç dikkat ettiniz mi? İşte gündelik dilde benim tespit ettiğim kimi ifadeler: adamı tuzağa düşürdü, sonunda birini yakaladı, doğru adama kancayı attı, zokayı yuttu evlendi, doğru insana bağlandı ve kaçan balık büyük olur. Bu biraz balık kokusu vermedi mi?

1994 yılında gişe rekorları kıran *Forrest Gump* filminin ana karakterini oynayan Oscar ödüllü Tom Hanks, "Hayat bir kutu çikolata gibidir" demişti. Burada hayatı edebi bir şekilde tanımlamıyordu. Sadece hayat bir kutu çikolata gibidir, içinden hangi türün çıkacağını bilemezsin, demek istiyordu.

"Hayat bir kutu çikolata gibidir" cümlesi bir mecaz anlatımdır.

Üniversite profesörleri olan George Lakoff ve Mark Johnson yazdıkları, *Metaphors We Life By* adlı kitaplarında şöyle diyorlar: "Alışılmış kavramsal kurallarımız olan düşünce ve yaşama koşullarımız temelde doğası gereği mecazidir."

Images and Understanding kitabının yazarı Jonathan Miller, "Eğer bulgulamak, bir tür neye benzediğini keşfetmekse, anlaşılırlığın gelişmesine en etkileyici katılım, anlamlı mecaz anlatımlara başvurmaktır" demiştir.

"Mecaz" kelimesi belli bir kesime hitap edermiş gibi görünse de aslında günlük konuşma dilimizin bir parçasıdır. Aşk gibi karmaşık görünen kimi kavramları daha anlaşılır kılmak için başvurduğumuz anlatım biçiminden başka bir şey değildir aslında.

Etkin mecaz kullanımı eğitimim

1990 yılında Hawaii'de Maui Marriott Otel'de bir eğitim programına katıldım. Amerika'nın en tepedeki gelişim uzmanlarından biri olan

Tony Robbins'in iki haftalık kişisel gelişimle ilgili bir semineriydi bu. Giriş konuşmasında seminere katılan bizlere Robbins şöyle dedi: "Küresel mecaz anlatıma çok önem veririm. Çünkü onlar yaşamımızın en kapsamlı alanlarını temsil etmek için kullandığımız sembollerdir."

Gerçeğin tüm algılama biçimleri benzerliklerin araştırılmasıdır.

Henry David Thoreau
Amerikalı yazar (1817-1862)

Tony Robbins'in semineri bana, karmaşık kavramların, etkili bir mecaz anlatımla nasıl basit fikirlermiş gibi anlatılacağını öğretti. O zamandan beri yaşamımın karmaşık alanlarını kavramak için sıklıkla mecazi anlatımlardan yararlanıyorum.

Bu alanlardan biri olan aşk hayatımın acil bir yardıma gereksinimi vardı. Çünkü o zamanlar aşk hayatımda sinir bozucu bir şekilde düş kırıklıkları ve başarısızlıklar yaşama riski taşıyordum.

Aşk konusunda bilgisizlik mutluluk getirmez

Esoteric Mind Power adlı kitabın yazarı Vernon Howard şöyle yazmış: "Farkına varmasak da birçok şeyin kölesiyiz."

Aşkın karmaşıklığını anlayabilmek için sıradan bir insanın psikoloji konusunda üniversite derecesi alacak kadar eğitim görmesi gerekebilir. Ama uygun bir mecazi anlatımın yardımıyla konu hakkında neredeyse hemen doğru bir algılama geliştirilebilir.

Aşk hayatımız söz konusu olduğunda bilgisizlik gerçekten eğlenceli değildir. Aslına bakarsanız eğlenceli olmamanın ötesinde aşk konusunda cehalet, insanı kaçınılmaz olarak acıya sevk eder, bunu elem, pişmanlık ve düş kırıklığı izler.

Öte yandan, bilgi ve bilgelik ise insanı aşk hayatında, genel olarak hayatta da sürekli başarıya taşır.

Aşk için uygun bir benzetme bulmak

Evimin yakınındaki kitapçıda gezerken gözüme balıkçılıkla ilgili *Well-Cast Lines: The Fisherman's Quotation Book* adlı küçük bir kitap ilişti. Yazarı John Merwin'di.

Merwin'in kitabının arka kapağında Sir John Buchan'ın (1875-1940) bir sözüne yer verilmişti: "Balıkçılığın cazip yanı, yakalanması zor ama ulaşılabilir olanı elde etmeye uğraşmaktır; size kalıcı, sürekli bir umut olanağı sunar."

Böyle düşündüğünüzde aşk ve balıkçılık arasındaki benzerlikler belirginleşecektir. Aşağıdakileri göz önüne alalım:

♡ **Aşk yakalanması zor bir şey olabilir.** Peşinde koştukça yakalaması iyice zorlaşabilir.

♡ **Aşk yine de ulaşılabilirdir.** Birçok ortalama insan aşk hayatında mutluluğu ve başarıyı yakalayabilmişse neden diğerleri de yakalamasın?

♡ **Aşk size kalıcı ve sürekli bir şekilde umut olanakları sunar.** Geçmişte yaşadığımız sıkıntılara ve düş kırıklıklarına karşın içimizde hep gerçek aşkı bulmak için bir umut vardır.

Balıkçılık birçok kadının zihninde esin kaynağı olabilecek unsurlar taşımayabilir, ama yine de bu uğraş zihinsel ve mecazi anlamlar açısından zengindir.

Pulitzer Ödüllü yazar James Michener balıkçılığı överek şöyle yazmıştır: "Balıkçılık hakkında çok kaliteli kitaplar yazılmıştır ki, bu da onun değerini gösterir."

The Fly and the Fish (1950) adlı kitabın yazarı John Atherton ise şöyle der: "Oltayla balık tutmak bana sanatı öğretti, sanat ise balık tutmakla ilgili ilginç yöntemler ve deneyimler kazandırdı. Düşünmek ve balık tutmak bir şekilde birbirine çok yakışan işlerdir."

Balık tutmak ve aşk da aslında birbirine çok yakışan benzerlikler, mecaz anlamlar çıkarılabilecek iki kavram. İstediğiniz kişinin dikkatini çekmek, onu elde etmek ve elden kaçırmamak kavramları yerine, oltanızın ucundaki yemi yutması için onu nasıl cezbedip tuzağınıza düşüreceğinizi, yemi nasıl yutturacağınızı ve sağ salim nasıl kovanıza atacağınızı öğreneceksiniz.

Gerçek rolünüz nedir?

Daha önce sözünü ettiğim gibi, bir sonraki soru şu olmalıdır: Eğer aşk balık tutmak gibiyse o zaman kim avcı, kim balık rolünde olacak?

Şunu unutmayın, onu avlamak için kolları sıvayan ilk kadın ona zokayı yutturacaktır.

William Makepeace Thackeray
Vanity Fair'in (1847) yazarı

Balık avlamak ve aşk arasındaki benzetmeden ilginç sonuçlar çıkarabiliriz:

♡ Oltayla balık tutmaya hazırlanan kişi, balığın karşısında hazırlıkları yapmak, yürütmek ve etkili taktikler geliştirmek durumundadır.

♡ İlişki alanında kendine yardım etmek türünden kitapları alanların

OLTANIZIN MAKARASINI
YAVAŞÇA ÇEKİP ALIN ONU

Sabırlı olun.
Erkekler âşık olduklarını,
kadından uzakta olduklarında ve
onun yokluğunu duyumsadıklarında anlarlar.
Erkek gitmek istediğinde korkmayın,
bırakın gitsin.
Her iyi balıkçının bildiği bir şey vardır:
Oltanın ipini çok çekerseniz büyük bir olasılıkla
kamışı kırarsınız ve yere düşersiniz.
İyi bir kadın, dişiliğine ve kendine güvenen,
gücünün farkında olandır.
Ve bir adamın üzerinde etkisi olmadığını fark ettiği
zaman zarafetle gitmesine izin verendir.
Günümüz kadını için birlikte yaşamak,
bağlanmak adına sanki lanetlenmiş bir şeydir.
Çok az kadın uzun süreli birlikte yaşamayı
tatmin edici bulur.
Bir erkekle birlikte yaşamak tıpkı bir balığı
sürekli yemleyip beslemek,
ama bir türlü yakalayamamak gibidir.
Bu yöntem sadece balığın tıka basa doymasına
ve sıkılmasına neden olur.

Dr. Toni Grant
Being a Woman (1988) adlı kitabın yazarı

yüzde 80'i kadındır ve televizyondaki ikili aşk ilişkilerini temel alan programları seyredenlerin büyük çoğunluğu da kadındır.

♥ Açlığını bastırmak içgüdüsüyle sürekli bir arayış içinde olan balıktır.

♥ İddialara göre erkekler ilişki ya da kendine yardım gibi konulardaki kitapları çok fazla almazlar ve televizyonda daha önce sözünü ettiğim ilişki temelli programların çoğunluk izleyicileri değillerdir. Erkekler dikkatlerini daha çok spor, para, arabalar, bilgisayar, iş hayatı, müzik ve kişisel projelerine yoğunlaştırırlar.

Başarılı bir ilişki konusuna gelince (benim gibi erkekler nasıl şaşırırsa şaşırsın) şurası açık ki balık olan erkekler, balıkçılarsa kadınlardır.

Kendi yeni düşünsel halkalarınızı yaratın

The Aquarian Conspiracy adlı kitabın yazarı Marilyn Ferguson, şöyle yazmış: "Zihinsel bağlantılar kurmak en temel öğrenme aracımızdır; insan zekâsının özü, parçaları birleştirebilmek, verilenin ötesine gidebilmek, örnekleri, ilişkileri, içeriği görebilmektir."

Bu durumda balık yakalamak ile bir erkek yakalamak arasında düşünsel bir ilişkilendirme yaparsanız büyük bir olasılıkla aşk hakkında daha önce hiç aklınıza gelmeyen birçok yeni fikirle karşılaşırsınız.

Yeni yaratacağınız imgelemlerin kimi komik gelebilir, ama mecazi benzetmeler yoluyla yaratılmak istenen asıl amaç, aşk gibi soyut kavramları daha elle tutulur ve daha anlaşılır kılmaktır.

İrlanda asıllı yazar ve denemeci Elizabeth Bowen (1899-1973) "Hiçbir şey gizemli değildir. Gizem gözlerdedir" diye yazmış.

Kendinize bir iyilik yapın ve "erkekler balığa benzer" benzetmesinin gözlerinizi açmasına izin verin, ki gizem ortadan kalksın. Aşk çok karmaşık bir kavramken artık daha anlaşılır ve daha değeri bilinir hale gelmiştir.

Son bir şey söylemek gerekirse, şunu hiç aklınızdan çıkarmayın: İnsanların aşk hayatlarında aradıkları yanıtlar, yeni romantik teknikler keşfetmekte ya da ilişki tavsiyeleri toplamakta yatmıyor. Her durumda ve her zaman gerek aşk hayatında gerekse hayatta kazananlar ile kaybedenleri ayıran, esas itibariyle göze çarpan kesin bir duygusal eylem farklılığıdır.

Sonuç olarak

"Erkekler balığa benzer" ifadesi, istediğiniz kalbe girmeniz için neler gerektiğini anlamanızı sağlayan basit bir mecazi anlatımdır. Tadını çı-

Zor bulunur erkeğin 7 alışkanlığı

Önemli olan hayatımdaki adam değildir, önemli olan adamdaki hayattır.

Mae West
I'm No Angel (1933) adlı kitabından

İşte bir kadınla aşk ilişkisi söz konusu olduğunda arzulanan erkeğin bir balık gibi davrandığına örnek yedi davranış biçimi. Bu doğal davranışları önceden bilin ve kişisel taktiklerinizi ona göre geliştirin. Unutmayın, zor bulunur bir erkekle karşılaşma şansı çok sık çıkmayacaktır karşınıza.

1. Alışkanlık: *Zor bulunur erkekler kovalamaktan hoşlanırlar.*
Temel Prensip: Erkek kadını kadın onu yakalayana kadar kovalar.
Yapılması Gereken: Rolünü bil ve iyi oyna.

2. Alışkanlık: *Zor bulunur erkekler en iyi olta yemini ararlar.*
Temel Prensip: Kısa vadede en yetenekli olan oyunu bitirir.
Yapılması Gereken: Göz alıcı olun, ama rüküş olmayın.

3. Alışkanlık: *Zor bulunur erkek oltadan kolayca kurtulur.*
Temel Prensip: Erkeklerin dikkatleri anlıktır ve seçenekleri çoktur.
Yapılması Gereken: İpi sıkı, elinizi çabuk tutun.

4. Alışkanlık: *Zor bulunur erkek çabuk ürker.*
Temel Prensip: Bir erkek size karşı tedbirliyse ya da sizden emin değilse, hazdan çok acıya duyarlıdır.
Yapılması Gereken: Erkeği rahatlatmanın yolunu öğrenin. Daha oyunun başında emellerinizi öğrenmesini engelleyin.

5. Alışkanlık: *Büyük balıklar yakalanması en zor olanlardır.*
Temel Prensip: Erkek kendisine meydan okunmasından hoşlanır.
Yapılması Gereken: Onda elinden bir fırsatın kaçmakta olduğu duygusu yaratıp oltanın ucundaki yeme sıkıca yapışmasını sağlayın. Unutmayın, amacınız sarsılmaz bir duygusal ilişki yaratmaktır. Kendini kontrol etmediği zamanlarda sizi en iyi halinizle görmesini sağlayın.

6. Alışkanlık: *Zor bulunur erkek avlanmaktan korkar.*
Temel Prensip: Erkekler teslim oldukları son dakikaya kadar özgürlüklerini kaybetmekten korkarlar.
Yapılması Gereken: İpini biraz gevşetin, sıkmayın, sizinle birlikte daha güzel bir yaşamı olacağına onu ikna edin.

7. Alışkanlık: *Zor bulunur erkek avlandıktan sonra ölür.*
Temel Prensip: Erkek avlanma tehlikesini anlar. Avlanma tehlikesi geçtiğinde âşık olur.
Yapılması Gereken: Romantizmi öldürmeyin. Onun sizi avlamasına izin verin. Bırakın sizi üst üste yensin. Bilin ki onun en çok hoşuna giden avlanma sürecidir. Tipik bir erkek için arzulamak aşka eşdeğerdir. Önceleri bu normal balık davranışını hoş görün, öğrendikçe değişecek, incelecektir.

karmayı ihmal etmeyin. Bu benzetmeyle ne kadar oynarsanız, ondan o kadar yarar sağlarsınız. Tetiklediği yeni ve yaratıcı fikirler sizi şaşırtılabilir, hoşunuza gidebilir ve en önemlisi sizi güçlendirebilir.

* "Zor bulunur erkeğin 7 alışkanlığı" tablosunu inceleyin, arzulanan erkeklerin nasıl kıymetli balıklar gibi davrandıklarını göreceksiniz.

Unutmayın; bir erkek tarafından ne kadar el üstünde tutulduğunuz sizin erkeği anlamanızla ve takdir etmenizle doğru orantılıdır.

Balıkçılık dersleri

HAZIRLIĞINIZI İYİ YAPARAK ŞANSINIZI ARTIRIN

Deneyimsizler için balık tutmak basit bir iştir:
Oltaya yem takılır, olta suya atılır ve
olacaklar beklenir.
Ama deneyimli balıkçılar bilirler:
Akıllı balıklar galip gelir, yakalanmazlar.

Criswell Freeman
The Fisherman's Guide to Life (1996) kitabının yazarı

Balıkçılık dersleri: 1. Daha çok balık yakalayabilmek için bilmeniz gerekenler. 2. İstediğiniz aşkın dikkatini çekmek, elde etmek ve elde tutmak için bilmeniz gerekenler. 3. Deneyimli balıkçıların kullandığı yöntemler.

Time dergisi tarafından XX. yüzyılın en etkili 100 isminden biri seçilen ve 20 yıldır gündüz kuşağı talk showlarında liderliği elinden bırakmayan Oprah Winfrey şöyle demiş: "Şans, fırsat yaratmak için yapılan bir hazırlıktır."

İnsanlara fırsatlar verebilirsiniz.
Ama bunları eşit dağıtamazsınız.
Rosamond Lehmann
The Ballad and the Source'un (1945) yazarı

Akıllı kadınlar aşk hayatlarını bütünüyle şansa bırakmazlar. Aşkta dikkati çekmek, seçmek, elde etmek ve elde tutmak için şansa değil hazırlığa ihtiyaçları olduğunu bilirler. Aşk için hazırlık yapmak adına örnek olarak şu aşağıdakileri verebiliriz:

♡ Aşkla ilgili ufkunuzu genişletmek
♡ Fiziksel görünümünüze dikkat etmek
♡ İletişim becerilerinizi geliştirmek
♡ Kendinize güveninizi geliştirmek
♡ Uygun sosyal ortamlara katılmaya çalışmak
♡ Geçmişten kalma duygusal yüklerinizden kurtulmak
♡ Dost çevrenizi gözden geçirmek
♡ Anlamlı ilişki öğütlerine kulak vermek

Düşlerinizdeki aşka kavuşmakta şansın çok önemli bir rolü olduğunu yadsımanın olanağı yok. Ama dikkat çekmek, elde etmek, elde tutmak, geliştirmek ve bir ilişki sırasında aşkı taze tutmakta hazırlıklı olmanın şanstan çok daha büyük bir etken olduğunu unutmamak gerekir. Böyle düşünmemek kesinlikle saflık olacaktır.

Balıkçılıkla basit bir kıyaslama

Yoğun geçen bir günün ardından bir balıkçıya sıklıkla şu soru yöneltilir: "Şanslı gününde miydin?" Balıkçılıkta şans tabii ki önemli bir unsurdur. Ama uzman bir balıkçı, şansı onu tamamlayan beceriden ayırmanın önemini çok iyi bilir.

Örneğin *The Complete Idiot's Guide to Fishing Basics* adlı kitabın uzman yazarı Mark Toth şöyle demiş: "Balıkçıların sadece yüzde 10'u balığın yüzde 90'ını yakalar. Oysa bütün balıkçılar en çok balığı yakalamak için çıkarlar yola, çünkü ya bunun ciddi bir uğraş olduğunun farkında değillerdir ya da bu konu hakkında bilgileri yoktur. Bu tür balıkçıların büyük bir bölümü eve eli boş döner."

Her elde etme uğraşında mutlaka şans faktörü vardır.
Bunu yok saymak aptallıktır, ama şansı tek faktör olarak görmek daha büyük aptallıktır.

Phyllis Bottome
İngiliz asıllı yazar (1884-1963)

Akıllı avcılar günümüzde balıkçılıkta şanslarını artırmak adına onlara balık tutmanın inceliklerini öğreten balıkçılık rehber kitaplarından yararlanıyor ve oltalarını nasıl fırlatmaları gerekir, olta iğnesi neye göre seçilir, balık nasıl yakalanır gibi konularda bilgilerini derinleştiriyorlar. Balıkçılar avlanacakları suları okumasını da öğrenip elverişli suları saptayabilirler ya da hangi olta yemini nasıl ve ne zaman kullanacaklarının püf noktalarını öğrenebilirler.

Balıkçılıkta ve aşk sanatında avcı her şeyi şansa bırakıyorsa eve elleri boş dönecektir. Ama bu uğraşı ciddiye alıp çalışan ve uzmanlaşan eğitimli avcıların başarılı olma şansı çok daha yüksektir.

Aşkta sakın ola fırsatları elden kaçırmayın

Balık yakalayamamak bir avcı için moral bozucu olabilir, ama aşkı tatmamak bununla kıyaslanamayacak kadar ciddi ve acıklıdır.

Danimarkalı filozof ve dinbilimci, Søren Kierkegaard (1813-1855) şöyle uyarır: "İnsanın kendisini aşk konusunda kandırması en büyük düş kırıklığıdır; bu öylesi ezeli bir kayıptır ki, onarılması ne bugün ne de sonsuzlukta mümkündür."

Aşkı elinizden kaçırdıysanız,
yaşamın özünü elinizden kaçırmışsınız demektir.

Dr. Leo Buscaglia
Loving Each Other (1984) adlı kitabın yazarı

Günümüz iş yaşamı kuramcısı ve *Seven Strategies For Wealth and Happiness* adlı kitabın yazarı Jim Rohn şöyle yazarak benzeri bir tablo çizmiş: "Plajda çadırın içinde aşk yaşamak bir sarayda yalnız yaşamaktan evladır."

Aşk bir insanın genel anlamda mutluluğunun belirlenmesinde çok önemli bir rol oynar, bu nedenle sadece hazırlıksız olmak gibi bir nedenle aşk fırsatlarını elden kaçırmamak gerekir.

Kendinizi bir sonraki aşk fırsatı için hazırlayın

İngiliz devlet adamı ve yazar Benjamin Disraeli (1804-1895) bunu farklı bir şekilde açıklar: "Bir kadın için hayatta başarının sırrı, önüne fırsatlar geldiğinde hazırlıklı olmaktır." Tüm bir yaşam boyu sürecek bu öğretiye başlamak için şu önemli noktaları aklınızdan çıkarmayın:

♡ **Açık fikirli olun.** Büyük fikirler sadece almasını bilenlerin zihinlerinden çıkar. Yeni fikirlere açık ve hazırlıklı olun. Buna ön hazırlık olarak zihninizdeki çöpü boşaltmakla işe başlayın. Düşüncelerinizi iyi yönde değiştirmezseniz yaşamınızı da iyi yönde değiştiremezsiniz.

♡ **Yaşamdan beklentilerinizi artırın.** Bir Çin atasözü şöyle der: "Yelkeninizi bir ölçü yükseltin, on ölçü daha fazla rüzgâr alacaksınız." Elinizdekilerden daha fazlasına layık olduğunuzu düşünmeye cesaret edin. Gerçekten beklentinizden daha fazlasını kazanacaksınız. Hayattan daha fazlasını elde etmek için daha fazlasını istemeli ve buna layık olmaya çalışmalısınız.

♡ **Yaşam boyu öğrenenlerden olun.** Sinekle balık avlamanın babası kabul edilen Isaac Walton (1593-1683) şöyle yazmış: "Nasıl hiç kimse sanatçı olarak doğmuyorsa kimse de balıkçı olarak doğmaz." Aynı nedenledir ki hiçbirimiz usta birer âşık olarak doğmayız. Aşkı öğrenmekte ya başarılı oluruz ya da olmayız. Aşk dersleri her birimiz için süreklidir ve hiç bitmez.

♡ **Hemen işe koyulun.** Bir İran atasözü, "Gidin ve şansınızı uyandırın" der. Bir gün aşkın büyülü dokunuşunun hayatınızdan geçeceği umudunu ertelemeyin. Dizginleri elinize alın ve aşkın yolunun size çıkmasını sağlayın. Unutmayın, birçok yarın vardır.

♡ **Yeni yaklaşımlar, yeni başlangıçlar deneyin.** Amerikalı yazar

Evrensel balıkçılık kuralları

Doğanın yerçekimi kanunları gibi başarının da evrensel kuralları vardır; bu kurallar sonuçları önceden belli edebilir ve neden bazıları başarıya ulaşırken bazılarının kaybettiğini açıklayabilir.

Brian Tracy
The Universal Laws of Success and Achievement

The Fisherman's Guide to Life kitabının yazarı Criswell Freeman şöyle yazmış: "Ancak suya saygıyla yaklaştığımızda ondan doyasıya zevk alabiliriz. Balıklar her zaman ısırmaz, ama tabiat ana bizi her zaman izler, o nedenle kendimizi kontrol etmeliyiz." Sporcu ruhuna uygun dürüstlüğü koruyabilmek için balık avlarken size rehberlik edecek evrensel kurallar.

KADER KURALI Neye yoğunlaşacağınız, ne yapacağınız ve ne yapmayacağınız konusunda verdiğiniz kararlar kaderinizi belirleyecektir. Bilgisiz kadınlar şansın kapılarını çalmasını beklerken, bilge kadınlar iyi verilmiş kararlar olan tohumlar ekerler ve ileride büyük aşk meyveleri toplarlar.

KARŞILILIK KURALI Kadın, erkek tarafından el üzerinde tutulmak istiyorsa, öncelikle o erkeği anlamalı ve takdir etmelidir. Erkeği eleştirmek ve şikâyet etmek eğilimindeyse karşılığında ondan takdir beklememelidir. Erkeğe yaklaşımınızda daha anlayışlı ve daha az eleştirel olmaya çalışın; göreceksiniz, hayatınızda işler yoluna girmeye başlayacak.

DOLAYLI ÇABA GÖSTERME KURALI Ne kadar ararsanız arayın bulamıyorsunuz. Bir erkeği elde etmek istiyorsanız öncelikle bu arzunuzu çok açık seçik belli etmemelisiniz. Bir erkeği elde etmek için göstereceğiniz nafile çabayı, daha sevgi dolu, daha çekici ve daha karizmatik bir insan olmak için harcayın; göreceksiniz, bu çabalarınızın sonucunda bir erkeğin kalbini de kazanacaksınız.

ORTALAMA ENDEKSİ KURALI Belli sayıda atılım yapılırsa başarı şansı da buna bağlantılı bir oranla artacaktır; elinizdekilerin kalitesini sürekli artırarak atılımlarınızın sayısını artırırsanız başarı endeksinizi de göreceli olarak artırırsınız. Bunun yani aşta kazanmanın, deneyim sahibi bir kadın için anlamı şudur: 1. Hiç pes etmemek gerekir. 2. Becerilerini geliştirmek gerekir. 3. Aşkı algılama yetisini geliştirmek gerekir.

KARŞI TEPKİ GÖSTERME KURALI Niyet ettiğiniz şeyler kimi zaman karşınızda ters bir tepki yaratabilir. Örneğin bir erkeği etkilemek istiyorsanız, ondan çok fazla etkilenmemeye bakın. Bir erkeğin sizinle ilgilenmesini istiyorsanız, ara sıra siz onunla çok ilgilenmiyormuş gibi davranın. Bu erkekteki avcı dürtüsünü uyandıracaktır.

AŞK KURALI Başkalarının sizi sevmesini istiyorsanız öncelikle siz kendinizi sevmelisiniz. İçinizde taşımıyorsanız karşınızdakini aşkla ödüllendiremezsiniz. İçinizdeki başarı uğraşlarınıza sevecenlikle yaklaşın ve kendinizi olduğunuz gibi sevmeye ve kabul etmeye karar verin.

* Sonuç olarak: Aşkın evrensel kurallarına saygı duyun ve uyun.
Bu yolla kurallar sizin için çalışır, size karşı değil.

ve eğitmen Helen Keller (1880-1968) şöyle yazmış: "Aşk ya meydan okuyan bir maceradır ya da hiçbir şeydir. Tehlikelerden kaçmak uzun vadede daha güvenli değildir." Ustalığınız, sizi bekleyen deneyimlerinizde saklıdır, yaşadığınız deneyimlerde değil. Sonuçlarınızı değiştirebilmek adına yaklaşımlarınızı, başlangıçlarınızı değiştirme konusunda istekli olun. İstediğiniz mutluluk ve aşk belki de alacağınız kimi küçük kararlardan ve yapacağınız minik ayarlamalardan sonra sizi bulacaktır.

♡ **Aşk hayatınızın tüm sorumluluğunu üzerinize almaya karar verin.** Bir Japon atasözü, "Bir karar kayaları bile yarar" der. Geçmişteki ilişkilerde yaşanmış hataları suçlayan herkesi, kendinizi bile susturun. Bu durumda yapacağınız en iyi şey, geçmişten dersler çıkararak geleceğinizi planlamaktır.

♡ **Evrensel kanunları çiğnemeyin.** Hayatın ve aşkın evrensel kanunlarına uyduğunuzdan ve saygı duyduğunuzdan emin olun ki sizi doğal bir yolla arzuladığınız aşka götürsünler. (Bu konuda daha ayrıntılı bilgi sahibi olmak için "Balıkçılığın Evrensel Kuralları" listesine bakın.)

♡ **Bilgili bir avcı olun.** Yaşama daha derin bir aşkla yaklaşın ve kıymetini bilin, çünkü yaşamda kazanacağınız şey nasıl bir insan olacağınızdan çok daha az önemlidir.

Bu basit önerileri uygulayarak yanlış yöne sapmış aşk hayatınızın rotasını gerçek aşka ve mutluluğa doğru çevirebilirsiniz.

Oyunu bilgece oynayın

XIX. yüzyıl yazarı ve düşünürü Amerikalı Ralph Waldo Emerson (1803-1882) şöyle demiş: "Sığ insanlar şansa inanırlar. Güçlü insanlarsa etki tepkiye." Emerson bunları söylerken aşktan söz etmese bile bu söylemi aşk olgusuna uyarlamamız yanlış olmayacaktır.

Aranızda aşk için hazırlık yapmak fikrini hâlâ kabul etmeyenler varsa UCLA'da on bir ulusal şampiyonlukla NCAA Kolej basketbol tarihinde gelmiş geçmiş en başarılı basketbol koçu John Wooden'ın ihmalkârlığı ve bunun doğuracağı sonuçları vurguladığı şu sözlerine kulak vermelidir: "Kazanmak için hazırlık yapmamak, kaybetmeye hazırlanmaktır."

Aşk kendinizi onu çözmeye adamadıkça
ve sevme yetilerinizi geliştirmedikçe
anlaşılmaz bir giz olarak kalacaktır.

Prof. Dr. Barbara DeAngelis
Making Love All the Time (1987) adlı kitabın yazarı

Eğer hayatta gerçekten tek istediğiniz aşksa, işi şansa bırakmak yerine güvenli yolu seçmeli ve kartlarınızı doğru oynamalısınız. Hazırlıklı olmak, aşkta ve hayatta uzun vadeli başarının ve mutluluğun yegâne anahtarıdır.

Sonuç olarak

Erkekler balığa benzer. Küçük olanlar (suya geri saldıklarınız) yakalanması kolay olanlardır, bunları yakalamak için ya çok az hazırlık yapmanıza gerek vardır ya da hiç gerek yoktur. Ama kıymetli balıklar mücadeleye davet ederler ve onları yakalayabilmek için, bilgi, derin bir kavrama yeteneği, destekleyici inanç, gelişmiş ilişki kurma becerisi, kişisel taktikler, direngen bir sabır, titiz bir geri beslenme ve tutarlı ince bir çaba gereklidir. İyi bir balığı yakalama şansının karşınıza bir kez çıkabileceğini asla unutmayın. Yani şans kapınızı çaldığında hazırlıklı olmalısınız.

İnsanların, tatillerine,
hayatlarından daha iyi
hazırlanmalarını etkileyici bulurum.
Belki de kaçmak
değişmekten daha kolay olduğu içindir...
Çoğu insanın geleceğe
güvenle bakmak yerine
endişeyle bakması ona hazırlıklı
olmamasındandır.

Jim Rohn
Amerika'nın en önde gelen iş dünyası kuramcısı

Beş

Acemi şansı

YİTİRDİĞİNİZ MASUMİYETE YENİDEN KAVUŞUN

*Masumiyet vahşi bir alabalıktır.
Ama biz insanlar, karmaşık olduğumuzdan
masumiyeti karmaşık yollarla elde etmeye çalışırız.*

Datus Proper
What The Trout Said (1996) adlı kitabın yazarı

acemi şansı: 1. İlk başarı, bir oyuna ya da bir spora yeni başlayana gelir. 2. İlk çıktığınız avda bir alabalık yakalamaya sadece "acemi şansı" denir. 3. Bir kadına şans getiren, aşka, insanlara ve hayata dair taze ve iyimser duygular taşımaktır.

Şu soruları cevaplayın:

♥ Erkeklerin arkadaşlığından hoşlanır mısınız?

♥ Yeni insanlarla tanışmaktan hoşlanır mısınız?

♥ Flört sürecine ilişkin duygularınız nelerdir?

♥ Yakın bir gelecekte birine âşık olmak konusunda iyimser misiniz?

♥ Yeni bir aşk ilişkisine başlayabilecek kadar çok iyimser enerjiyle dolu musunuz?

Bu soruları yöneltmekteki amacım, kişisel görüşlerinizi yansıtan duygusal davranışlarınızı anlamanıza yardımcı olmak. Davranışlar iyimserliğinizi ölçmeniz için en basit yöntemdir. Davranışlarınız aradığınız aşkı bulmanız, ilgisini çekmeniz, elde etmeniz ve elinizde tutmanız adına en önemli etkenlerden biridir.

Davranışlarınız yüksekliğinizi belirler.

Zig Ziglar
See You at the Top (1977) adlı kitabın yazarı

Mary Kirby's Guide to Meeting Men kitabının yazarı Mary Kirby'ye göre, "Davranışlarınız, düşüncelerinizi eyleme çeviren basit bir yoldur. Sıradan görünen bir kadını göz alıcı ya da kusursuz bir güzelliği aşırı sıkıcı kılan da davranışlardır."

Balıkçılıkla basit bir kıyaslama

Balıkçılıkta yeni başlayanlara "acemi şansı vardır" denir.

Açık hava sporları tutkunu ve ünlü aşk westernleri yazarı Zane Grey (1875-1939) şöyle demiş: "Acemi şansı tüm balıkçıların kabul ettiği bir mucizedir. Hiçbir şekilde açıklanamaz." Acemi balıkçıların bilgi ve deneyim eksikliği açığını samimi davranışları kapatır.

> Masumiyet kadar güçlü bir afrodizyak yoktur.
>
> Jean Baudrillard
> *The Ecstasy of Communication* (1988) kitabının yazarı

Balıkçılıkta ve aşk hayatınızda açıklanamaz "acemi şansınızdan" masumiyetinizi yeniden kazanmak ve elinizde tutmak için yararlanın; beraberinde insanı tazeleyen gençlik nitelikleri, canlılık, açıklık, neşe, oyunculuk ve coşku gelecektir.

Cuma gecesi ilişki geliştirme partileri

Güney Kaliforniya'da yaşadığım yerde, Mimi Fane adlı bir kadın her ay "başarılı bekârlar" dediğimiz kitlenin davetli olduğu bir parti düzenler. Tüm yapmanız gereken Mimi'nin mail listesine dahil olmak, günlük iş giysilerinizle davetine katılmak ve kapıdan içeriye girmek için on dolar vermektir.

Mimi mekânı eşit sayıda kadın ve erkekle doldurmak için elinden geleni yapar. Ben Mimi'nin partilerinde tanışıp evlenen en az iki çift tanıyorum. Bu partilerde kurulan başarılı ilişkiler sayesinde Mimi'nin organizasyonları kısmet arayan bekârlar arasında haklı bir ün kazandı.

Bu ilişki geliştirme partilerinde garip olan, herkesin senin oradaki varlığının birisiyle tanışmak olduğunu bilmesidir. Bir bakıma tanıştığınız kişinin müsait olup olmadığını düşünmenize gerek yoktur. Mimi'nin partilerinde duruma göre Mimi de dahil olmak üzere herkes müsaittir.

Yıllar boyunca pek çok sosyal etkinliğe gittikten sonra ben ve arkadaşlarım aynı noktada birleştik: Erkekler için duygusal ilişki yaşamaya en çok namzet olan kadınlar, en az duygusal yükü olanlardır.

> Coşku bileşimimizin kutsal zerresidir:
> onunla büyüğüzdür, cömert ve gerçeğizdir;
> onsuz küçük, sahte ve huysuz oluruz.
>
> L. E. Landon
> *Ethel Churchill'*in (1837) yazarı

Erkeklerde en sevdiğim özellikler,
farklı olmaları, yalın halleri, akıllı olmaları,
bir olayı olduğundan daha eğlenceli
anlatabilmeleri, eğlenme güdüleri, zekâları,
kadınlara bağımlı olmaları, çocuksulukları,
ilgi alanlarına tam anlamıyla bağlanmaları,
çekicilikleri, güvensizlikleri, karakterleri ve
hepsinden önemlisi, gösterebildiklerinde
hassas ve kırılgan olmalarıdır.

Anna Ford
Men: Quotations About Men By Women (1993) kitabından

Buradan çıkarılması gereken ders: Müstakbel bir erkek arkadaşı flört etmeye, aşka, erkeklere ve yaşama karşı taşıdığınız ağır negatif davranışlarınızla dikkatsizce korkutup kaçırmayın.

Aşka karşı tavrınızı değiştirin

Saati geri döndüremezsiniz, ama yüreğinizde genç kalabilmek için kesinlikle yapabileceğiniz şeyler vardır. Bunu aklınızda tutarak, işte size aşka yönelik taze başlangıçlar yapmak için kimi tavsiyeler:

♡ **Neyi sevdiğinizi hatırlayın.** Deneyimleriniz olumsuzluğa dönüştüyse işiniz bitmiş demektir. Geçmişte yaşadığınız acıların yığılıp aşka ve erkeklere karşı davranışlarınızı olumsuz yönde etkilemesine izin vermeyin. Aşk ve mutluluk konusundaki şansınız büyük bir oranla mutluluk verici duygusal ve ruhsal ilişki kurabilme becerinizi koruyabilmenizde yatmaktadır.

♡ **Sade olmasını sağlayın.** Psikolog Leo Buscaglia şöyle yazmış: "Aşk çok sadedir; karmaşık olan bizleriz." Aşk hayatınızı sade, duygularınızı saf tutun. Aşkta başarılı olabilmek için binlerce şey bilmenize gerek yoktur. Temel bilgilerde usta olmanız yeterlidir.

♡ **Aşka tekrar inanmaya başlayın.** Kendinizi her şeyin olmasının belli bir nedeni ve amacı olduğuna ve size bir şekilde yararı dokunduğuna inandırmaya çalışın. Geçmişte yaşadığınız düş kırıklıklarından bağımsız olarak aşka tereddütsüz bir inançla yaklaşın. Başarı ve mutluluğunuz aşka, hayata ve kendinize ne kadar iyimser yaklaştığınıza bağlıdır.

♡ **Egonuzdan vazgeçin.** Aşkın yolunda gitmesi için bazen kendinizi unutmanız ve hayata daha çok karışmanız gerekebilir. Önemsiz ağırlıklardan kurtulun. Şunu bilin ki, aşk büyük ölçüde sizin doğrudan doğruya kontrolünüz altında değildir. Aşkı bulabilmek için, kontrol merakınızdan arınmayı istemeniz gerekir.

♡ **Geçmişinizin kimi bölümlerini unutun.** Bazen dikkatinizi geçmişinizden tam anlamıyla uzaklaştırmanız gerekir. İyi ya da kötü anılar sizi tam anlamıyla mutlu olmaktan alıkoyabilir.

♡ **Aşkın sizi bir kez daha şaşırtmasına izin verin.** Siz aşkı kavradığınızı sandığınız bir anda aşk bir yolunu bulur ve bunun böyle olmadığını size gösterir. Aslında bu iyi bir şeydir. Açıklanamaz bir şekilde aşkın bir yüzü hep gizemli ve büyülüdür. Aşkı anlamak için çok fazla uğraşmayın. Aşk sizi bir kez daha şaşırtmasına izin verin ve bu macera dolu yolda hayatın tadını çıkarmaya bakın.

Bu önerileri uygularsanız, davranışlarınızı gençleştirir ve aşk hayatınıza canlılık katarsınız. Ve kısa bir süre sonra da gözlerinizden çıkmaya başlayacak ışık, hayata yeni yaklaşımınızda yanınızda olacak, şanslı kişileri aydınlatacak, mutlu edecektir.

Aşka geri dönün

Bazı kadınlar, "Tekrar masum olamayacak kadar çok deneyimim oldu. Aşk konusunda yaşamadığım şey kalmadı" der. Bu noktada söyleyebileceğim tek şey, Amerikalı yazar James Baldwin'in (1924-1987) bana umut aşılayan, şu bilge sözlerine kulak vermelerini istemek olacaktır: "Masumiyeti yok edecek kadar güçlü deneyimler, onu tekrar var edebilir de." Aşkla büyülenmeye devam edin. Öğrenebileceğinizi öğrenin, ama aşkın büyüsüne saygı duyun. Aşkın, insanların deneyimlerinden çok masumiyetlerine hayret etmek gibi bir huyu vardır.

> Gençlik bir niteliktir; eğer öyleyseniz, hep öyle kalırsınız.
>
> **Frank Lloyd Wright**
> **Amerikalı mimar (1867-1959)**

Aşka meydan okuyucu ve heyecan verici şeyler beklentisiyle geri dönün; "açıklanamaz acemi şansı" kapınızı çalabilir. Unutmayın, aşkla dolu bir kalp hep genç kalır.

Sonuç olarak

Acemi şansı en iyiyi umut edenlere gelir. Davranışlarınızı iyiye doğru değiştirirseniz, hayatınızı da iyiye doğru değiştirmiş olursunuz. Çarpıcı sonuçlar, çarpıcı davranışlarla elde edilir.

Kaçan büyük balık öyküsü

BIRAKIN, KAÇAN BÜYÜK BALIK GİTSİN

*Yakaladığım tüm balıklar içinde,
beni en çok etkileyenler ve
anılarımda hâlâ taze olanlar,
elimden kaçırdıklarımdır.
Yani diyebilirim ki
balığı elden kaçırmak iyi bir şeydir.*

Ray Bergman
Trout (1949) kitabının yazarı

büyük balık öyküsü: 1. Balıkçıların yakaladıkları balıkların büyüklüğünü anlatırken başvurdukları inanılması güç, abartılı öykü. 2. Kolay kolay unutamayacağınız yitirilmiş bir aşk hikâyesi. 3. Bugün yerine geçmişte yaşamanızın özrünün temelini oluşturan bahaneniz.

Bazı insanları unutmak zordur, özellikle de sizi kırık bir kalple bırakanları.

İngiliz saray şairi William Wordsworth (1770-1850) şöyle yazmış: "Çimenlerin ihtişamını, çiçeğin görkemini kimse geri getiremez; ama yine de yas tutmak yok, anılarımızla güçlüyüz artık."

Kimi insanlar geçmiş aşk ilişkilerini saflıkla, dürüstlükle yansıtmanın romantik olduğunu düşünürken, aynı anılar birilerinin bugün ve gelecekte mutluluğu doya doya yaşamasına engel olabilir.

Balıkçılıkla basit bir kıyaslama

Balıkçılık dilinde, "kaçan büyük balık öyküsü" kaçan balığın ne kadar büyük olduğunun abartılı anlatımı olarak kabul edilir. Balıkçılar oltalarına takılıp sonra kaçan balığı genel olarak abartılı bir şekilde şişirerek anlatırlar.

"Kaçan balık büyük olur" tanımlamasından yola çıkarak şu ilginç gözlemleri yapabiliriz:

♡ Yemi yakaladığı an ile kaçtığı an arasındaki zaman dilimi içinde hiçbir şey bir balık kadar hızlı büyüyemez.

♡ Kaçan balık büyük olur. (Çin atasözü)

♡ Kaybolan balık, kendinden büyüktür. (Japon atasözü)

♡ Balığın oltaya takılması ile kovaya konulması aynı şey değildir.

♡ Tüm balıkçıların anılarında onları avlayan bir kaçan balık vardır.

64

Unutmayın, geriye dönüp baktığınızda balıkçılıkta ve aşk hayatınızda elinizden kaçırdığınız büyük balıklar aslında olduklarından her zaman daha büyük görünürler.

Elden kaçan bir büyük balık

Erkeklerin de kadınların da yitik aşk öyküleri vardır. Erkek açısından bakıldığında da ne kadar acı verici olduğunu anlatmak için işte benden bir anı:

Birkaç yıl önce bir ara profesyonel tur yöneticisi olarak çalışmıştım. İçi yaşlı müşterilerle dolu son derece konforlu minibüslerle "AFC Turizmle New England'da Güz" rehberli gezilerine katılıyordum.

> Capcanlı hatırlanan bir geçmiş, koşmanız gerekirken
> ayaklarınıza dolanan bir elbise gibidir.
>
> Mary Antin
> The Promised Land (1912) kitabının yazarı

Massachusetts'in ortasında Mohawk'ta sonbahar yapraklarıyla kaplanmış ara yollardan geçiyordu yolumuz. Yılın o zamanına özgü derin gölgeler, yapraklardaki zengin renkler, sonbaharın o hiçbir şeye benzemeyen güzel kokusu, bana yıllar önce çok sevdiğim bir kadını görmeye gidişimi hatırlattı. Minibüsün önünde oturan biri bana, "Steve, buraları çok iyi biliyor gibisin. Buraya, New England'a kaç kez geldin?" diye sordu.

Şöyle dedim: "Sadece birkaç kez geldim buralara. İlk gelişim gerçekten çok hoşlandığım bir kadını görmek içindi. Yıllar önce hani şu 'Aşk Gemisi' dedikleri bir gemi gezisine çıkmıştık beraber."

"Hey Steve, ona ne oldu peki?" diye sordu birkaç sıra arkadan konuşmamıza kulak misafiri olan bir diğeri.

"Hâlâ bir yerlerde. Ve aramız gayet iyi. Ancak, nedense ufak bir sorun var. Yani şöyle ki, o Connecticut'ta yaşıyor, ben Kaliforniya'dayım. Şey bir de o adı Paul olan biriyle evli. Bir de tabii iki oğlu var. Bunları saymazsak her şey çok iyi."

Bazı yolcular güldüler. Bazıları da yüzüme acıyarak baktılar. Bütün bunları şaka gibi anlatmama ve üzerinden yıllar geçmiş olmasına karşın yitirdiğim aşkın acısını saklamayı başaramamıştım demek ki.

Belki de yaşadığım o harika aşkın tadını hiç unutmayacağım, ama balıkçılık açısından değerlendirerek aşk hayatımda ileriye bakmayı öğrendim.

En büyük kayıplarımız,
ayrılıklarımız ve sevdiklerimizden
uzaklaşmamız yanında bilinçli ve bilinçsiz
yitirdiğimiz romantik hayallerimiz, imkânsız
beklentilerimiz, özgürlük, güvenlik ve mutlak güç
illüzyonuna kapılmalarımızdır ve bir taraftan da
içimizdeki gençliği, yani her zaman kırışıksız
kalacağına inandığımız, kırılmaz ve
ölümsüz kişiyi yitirişimizdir.

Judith Viorst
Necessary Losses (1986) kitabının yazarı

Geçmişi geride bırakın... Kesin olarak!

Sizin de bugünkü ve yarınki mutluluğunuzun önünde duran bir "elden kaçan büyük balık" öykünüz varsa işte size geçmişle olan hesabınızı kapatmanıza yarayacak bazı ipuçları.

♡ **Öykünüzden bir kıssadan hisse çıkartın.** Aşk hayatınızın hiç bitmeyecekmiş gibi görünen o bölümünü büyük balık öykünüzden bir kıssadan hisse çıkartarak kapatın. Sonra sayfayı çevirin ve yeni bir bölüme başlayın.

♡ **Önünüzdeki aşk hayatınıza odaklanın.** Bir Fransız atasözü şöyle der: "Eski aşkın gittiği arabanın şoförü yeni aşktır." Tıpkı bir araba kullanırken yaptığınız gibi sürekli dikiz aynasından arkaya, eski aşkınıza bakmayı kesin ve gözünüzü önünüzde beliren yeni aşkın yoluna dikin.

♡ **Kıtlığı değil, bolluğu düşünün.** Eski bir özdeyiş şöyle der: "Denizde balık çoktur." Ama unutmayın, aşk için ihtiyacınız olan tek bir balıktır. Sosyal etkinliklerinizi elinizden geldiğince artırırsanız, aralarından seçebileceğiniz iyi birini mutlaka bulursunuz.

♡ **Cesur adımlar atın.** Bir Alman atasözü şöyle der: "Cesaretle atılmış adım yolun yarısı eder." Gerekiyorsa eski aşk mektuplarından kurtulun, acıklı aşk şarkıları dinlemeyin ve asla geri dönmeyecek günlere yapışıp kalmanıza neden olacak ufak tefek anısı olan şeyleri ortadan kaldırın.

♡ **Geçmişinizi zamana bırakın.** Yitirdiğiniz ortaokul aşkınız okuldan mezun olduktan sonra artık canınızı acıtmayacaktır. Çünkü mezun olduğunuzda artık ortaokuldaki eski siz değilsinizdir. Büyüdüğünüzde de aynı yöntemden yararlanıp eski aşklarınıza bir sünger çekin.

♡ **Hiç geriye bakmayın.** Geçmişi yok saymak mümkün değildir. Ama sürekli geçmişi düşünmek sizde pişmanlıklar ve yitiklik duygusu yaratıyorsa, dönüp son bir kez bakın ve o anı sonsuza dek dondurun ve sonra bir daha hiç bakmayın geriye. Hiç!

Bu adımları atın ve geçmişinizin istenmeyen bölümlerini ait olduğu yerde, geride bırakın.

İleri gitme hızınızı düşürmeyin

Elden kaçan büyük balıkla ilgili yapmanız gereken son ve en önemli şey, aşk hayatınızda kararlı bir şekilde hep ileriye doğru gitmektir.

İngiliz başbakanı, devlet adamı ve yazar Benjamin Disraeli'nin (1840-1881) bilgelik kokan şu sözlerine kulak verin: "İlk aşkın büyüsü bizim yaşadığımız zamanki cahilliğimizdir." Kesin bir karar verin ve aşk hayatınıza yapışıp kalmaktan vazgeçin. Doğru olanı bulana kadar mutluluk veren yeni aşk deneyimlerine doğru hızlanın.

Hayat boyu sürecek tek aşk fikriyle kendinizi sınırlamayın. Hayatınız boyunca en az dört büyük aşk yaşayacakmış gibi planlayın kendinizi.

Sally Jessy Raphael
Finding Love (1984) kitabının yazarı

Aşkın yeniden yolunuza çıkması için "kaçan büyük balık"la ilişkinizi sonlandırmalısınız. Elden kaçan büyük balık bırakın gitsin; hatalarınızdan ders çıkarmayı öğrenin, yaralarınızı sarın ve yeni bir sayfa açın. Sizi bekleyen yeni aşkınız büyük bir olasılıkla önünüzde duruyordur, arkanızda değil.

Sonuç olarak

Erkekler balığa benzer. Bir kez elinizden kaçırdınız mı artık aynı yemle tekrar yakalamanız neredeyse imkânsızdır. Doğal düş kırıklıklarınızı kontrol altında tutmayı öğrenin. En iyi oltalar bile balık tutmaya yetmeyebilir. Bu balıkçılıkta olduğu gibi aşk hayatınızda da böyledir. Kesin bir karar vererek yüzünüzü yeni aşk olanakları sunan tarafa çevirin.

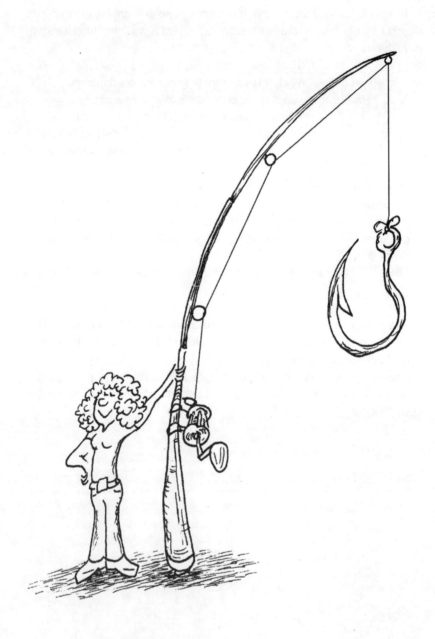

Balık oltası

KENDİNİZE GÜVENİNİZE SIKICA SARILIN

*Güven, bir balıkçının
en çok gereksinim duyduğu şeydir.
Bu temel nitelik yoksa
yakalanabilecek
birçok balık elden kaçar.*

Peter Lightfoot ve Kevin Whay
Stillwater Trout Fly-Fisher's Ready Reference'in
yazarları; Eric Restall'ın *Angler's Quotation Book* kitabından

balık oltası: 1. Genellikle tahtadan, çelikten ya da fiberglastan yapılmış, alt tarafına konulmuş bir makarayla balık yakalamakta kullanılan uzun, ince sırık. **2.** Balıkçılık için gerekli olan temel gereç. **3.** Bir kadının kendine olan güveni.

XVIII. yüzyıl İngiliz yazarı Samuel Johnson şöyle yazmış: "Kendine güven, kazanmak için en gerekli olandır." Göze çarpan bir eylem yoksa dünyanın en önemli bilgilerinin ve yeteneklerinin çok az önemi vardır. Hiçbir şey, bir insanın kıymetini korkudan ve kendine güvensizlikten daha fazla aşağı çekemez.

İnisiyatifi ele alıp
korta öyle çıkıp oynamalısınız.
Kazanmak için kendine güven şarttır.

Chris Evert
Dünya tenis şampiyonu

Hayatınızın aşkını bulmak, ilgisini çekmek, elde etmek ve elinizde tutmak için bilgilerinizi, yeteneklerinizi geliştirmeye başlamadan önce kendinize güveninizi iyice pekiştirin.

Balıkçılıkla basit bir kıyaslama

Eğer balıkçılık malzemeleri satan bir mağazaya girerseniz bu uğraşa ait çeşit çeşit araç gereçle karşılaşırsınız: istediğiniz her türlü yem, yapay sinek yemleri, su içinde sürükleyerek balık tutmak için gerekli yemler, kamış, olta iğnesi, olta ya da ağ kurşunu, olta ipi, araç gereç kutusu, olta çubuğu makaraları... Bu işe yeni başlayanın alması gereken ilk şey oltadır.

Fishing for Dummies kitabının yazarı Peter Kaminsky, "Silah nasıl avcının sembolüyse olta da balıkçının sembolüdür. Bir hayvanı vurmak için nasıl kurşuna ihtiyacınız varsa, balık tutmak için de bir olta takımına ihtiyacınız vardır. Ama oltanın kendisi tıpkı silah gibi asıl ihtiyacınız olan etken malzemedir" diyor.

Balıkçılıkta da, aşk hayatınızda da öncelikle neye ihtiyacınız olduğunu saptamalı ve işe bundan başlamalısınız.

Kendine güven öğrenilebilir bir şeydir

Birkaç yıl önce Meksika Sonora Koyu'ndaki Club Med'e gitmiştim. Burada tatil yapanlardan biri Angela adlı San Franciscolu büyüleyici genç bir kadındı. Club Med'deki tüm erkekler ve kadınların çoğu Angela'yı fark etmişti. Angela, şaşırtıcı şekilde çekici olmanın yanı sıra inanılmaz bir kendine güven duygusu yayıyordu etrafa.

> Cinsi cazibenin yüzde ellisi sizin sahip olduğunuz,
> yüzde ellisi ise insanların sizin sahip olduğunuzu sandığı şeydir.
>
> **Sophia Loren**
> İtalyan asıllı oyuncu

Bir öğleden sonra su kayağı iskelesinde Angela'yla konuşma fırsatı yakaladım. Profesyonel manken olduğunu öğrendim. Bana mankenlik eğitiminin, nasıl giyinilmesi gerektiği, kendine bakma, itina gösterme, nasıl yürümesi gerektiği, nasıl poz verileceği ve toplum karşısında özgüvenli ve zarif bir şekilde kendini nasıl idare etmesi gerektiği gibi dersleri de kapsadığını anlattı. (Benim gibi bir erkeği nasıl aşırı duygusal yıkıma neden olmadan reddedebileceğini de böylece öğrenmiş sanıyorum.)

Angela'nın kendine olan güveninin meyvesini bir sonraki yıl net olarak görme şansım oldu: Bir gün *Playboy* dergisini açtığımda orta sayfada ayın güzeli olarak o duruyordu.

Kendinize güven kazanma sürecine şimdi başlayın!

Özgüveninizi artırmak için birkaç değerli öneri:

♡ **Kendinize karşı iyi olmakla işe başlayın.** Bir Yahudi atasözü şöyle der: "Kendinizi alçaltmayın, insanlar başınızı basamak olarak kullanırlar." Kendinizin acımasız eleştirmeni olacağınıza destekçisi olun. Kendinizle konuştuklarınızı iyi dinleyin. Duyduklarınızdan hoşlanmadıysanız hemen değiştirin. Kendinizi sürekli aşağı çekerek yaşamda yükselemezsiniz.

"Ona" sahip olan şanslı kişilerin
her iki cinsi de kendisine çekebilecek
garip bir mıknatıslarının olması gerekir.
Kadın ya da erkeğin sıkılgan olmaması,
tam anlamıyla kendine güvenmesi,
insanlar üzerinde yaratacağı etkiye kayıtsız ve
başkalarından etkilenmeyecek
bir yapıda olması gerekir.
Güzel olması gerekmez, ama mutlaka
fiziksel bir çekiciliği olmalıdır.

Elinor Glyn
The Man and the Moments'ın (1915) yazarı

♡ **Kendinizi başkalarıyla kıyaslamaktan vazgeçin.** Kuşku, çoğunlukla sizden ince çizgide daha iyi olanlarla kendinizi kıyasladığınızda ortaya çıkar. Tüm insanların güçlü yanları olduğu gibi zayıflıkları olduğunun da farkına varın. Kazananı olmayacak oyunları oynamayı reddedin. Yoksa ya kendinizi ya da bu yolda başkalarını yok edersiniz.

♡ **Güçlü olduğunuz alanları yaratın.** Her şeyin uzmanı olamazsınız, ama gerçekten iyi olduğunuz alanlar mutlaka vardır. Güçlü olduğunuz yanlarınızı bulun ve kendinize güven duygunuzu bu alanlarda oluşturun. Zayıflıklarınızla başa çıkmaya çalışın, ama ilerlerken güçlü yanlarınızı yanınıza alın.

♡ **Resmin bütününü görün.** Aşkta güven, başkalarının bilmediğini bilmekten geçer. Bunu bilirseniz, aşk yapbozunda neyi nereye koyacağınızı bilir ve aşk hayatınızla ilgili resmin bütününü görebilirsiniz. Böylece erkekler tarafından şaşırtılmazsınız ve aklınız karışmaz, fırsatları öngörür ve daha iyi neticeler elde edersiniz.

♡ **İçsel bir özsaygı kaynağı oluşturun.** Kendinizden gurur duymak için yapmanız gereken bir başka şey de kendinizle ilgili yeni buluşlar yapmaktır. Bunlar, zamanında engelleri aşıp başarıya ulaştığınız, örnek olabilecek, aklınızda kalmış anılarınızın arasında olabilir.

♡ **Duygusal gereksinimlerinize önem verin.** Gelecekteki romantik ilişkinizin baskısını, öncelikle güvenliğinizi, farklılığınızı, bağlantınızı, kabul görüşünüzü, gelişiminizi ve katılımınızı beslediğinizden emin olarak azaltın.

♡ **Olabileceğiniz en iyi fiziksel görünümünüzü oluşturun.** Sağlıklı bir beslenme, etkin fiziksel egzersiz, bol su içmek ve daha birçok şey gövdenizin, zihninizin ve ruhunuzun güçlenmesinde harikalar yaratabilir. Gövdeniz sizi sürekli aşağıya çekiyorsa yüksek yerlerde olanları almak için uzanamazsınız.

♡ **Cesur olmayı öğrenin.** Bir Fransız atasözü, "Utananlar hep kaybeder" der. Şansınızı değerlendirin ve hayatınızı pişman olmadan yaşayın. Aşk hayatında yitirilmiş fırsatlardan başka kaybedeceğiniz pek bir şey yoktur. Cesur olun ve sonuca götüren akıllı adımları korkmadan atın.

♡ **Dikkatinizi kendinizi gerçekleştirmeye yoğunlaştırın.** Olabileceğiniz tüm o iyi şeylerin en iyisini olmak için çıtanızı yüksek tutun. Daha zorlayıcı bir geleceğe doğru yapacağınız yolculuğunuz, doğal olarak gelişmiş bir kendine saygı ve güven duygusunun rehberliğinde daha rahat olacaktır.

Kendinize karşı sarsılmaz bir güveniniz varsa, her duruma uyabilme özgürlüğünden yararlanmanın mutluluğunu yaşayabilir, rolünüzü etkili, neşeli, esnek ve rahat bir şekilde oynayabilirsiniz.

İşe öncelikle kendinizi severek başlayın

Bu ilgi çekici özgüven artırma sürecinde oyuncu Lucille Ball'ın şu yararlı önerisine kulak verin: "Benim çok yararlandığım bir inancım vardır. Siz önce kendinizi sevin, gerisi gelecektir. Bu dünyada bir şeylerin olmasını istiyorsanız öncelikle kendinizi gerçekten sevmelisiniz."

Günlük yaşamımızın yüzeyselliğinin altında,
her birimizin kişisel tarihinde sürekli çelişki halinde bir onaylayıcı,
bir reddedici iki egomuz vardır.

Beatrice Webb
My Apprentice (1926) kitabının yazarı

Özgüven, aslında kendine güvenmekten ve kabul etmekten başka bir şey değildir. Birçok insan için bu ağır işleyen bir süreç olabilir. Ama diğerleri için güven duygusu kendi insani çabalarına daha fazla sevecenlikle yaklaşmaya karar verdikleri anda başlar, bir başka deyişle insanın kendini ön koşulsuz sevmesidir.

Başkalarının sizi sevmesi için öncelikle siz kendinizi sevin.

Sonuç olarak

Davranışlarınızın niteliği kendinize ilişkin hissettiklerinize bağlı olarak artabilir ya da azalabilir. Aşk hayatınızda yeni bir sayfa açmaya, kendinize tam anlamıyla güven duyarak başlayın. Aşk hayatınızda mutlu ve başarılı olmanız için ihtiyacınız olan en önemli şey budur.

* "Balıklar (erkekler) için gizemli öğütler" hakkında ilave bilgi almak için 192. sayfaya gidiniz. Aşk hediyesine sahip olan doğru kadın tarafından yakalanabilmek için tüm erkeklerin bilmesi gereken dersleri anlatan bu bölümün keyfini çıkarın.

Yem

ÇEKİCİLİĞİNİZİN DAHA GÜÇLÜ OLMASINI SAĞLAYIN

Ucunda hoşuna giden bir yem olmadıkça balığın ağzına olta iğnesini sokamazsınız.

Dame Juliana Berners
Treatise of Fishing with an Angler (1450)
isimli bilimsel incelemenin yazarı

yem: 1. Bir balığı kandırıp tuzağa düşürecek yiyecek. 2. Dişilere özgü cazibeyi kullanarak erkekleri çekme işlemi. 3. Romantik bir aşkta öncelikle gerekli olan yetenek.

Bir Amerikan atasözü, "Erkek kadının peşinden kadın onu yakalayana kadar koşar" der. Bunun kadın için anlamı, bir erkek sizi kovalamıyorsa onu yakalamak için hiçbir şansınız yok demektir.

Erkeğin bir kadının peşinden koşmasının nedeni "çekicilik" denilen şeydir. Çekicilik, mıknatıs gibidir. Mıknatıs ne denli güçlüyse çekim de o kadar güçlüdür.

Günümüz iş hayatı kuramcısı ve *Seven Strategies For Wealth and Happiness* adlı kitabın yazarı Jim Rohn, "Çekici kişileri cezbetmek istiyorsanız siz de çekici olmalısınız. Bunun için çalışın. Cazip olursanız cezbedersiniz" diyor.

Aralarından seçim yapacağınız birçok cazip erkek istiyorsanız cazibenizin olabildiğince güçlü olmasını sağlamalısınız.

Balıkçılıkla basit bir kıyaslama

Balıkçılıkta yem, balığı oltanın ucuna çekmek için kullanılır.

Benim alabalık tutmak için favori yemim Power Bait adlı bir üründür. Kavanozun üstünde şöyle yazar: "Balık bir tuttu mu bırakmaz. İçinde alabalık ve somon balığını cezbedecek zengin koku ve tatlandırıcı vardır. Yapmanız gereken tek şey, oltanızın ucuna yeterli miktarda yem koyup keyfini çıkarmaktır."

İyi yem seçmek başarılı bir balıkçı olmanın anahtarlarından biridir.

Uzman balıkçılar, doğru balık için doğru yemi seçerseniz balık yakalamanın son derece kolay olabileceğini söylerler.

Balıkçılıkta da, aşk hayatınızda da kullandığınız yem, istediğinizi yakalayıp yakalayamayacağınızı belirler.

Güzel kadın sendromu

Bu yaz bir plaj partisinde iki genç kadının sohbetine kulak misafiri oldum. Konuşma şöyleydi:

"Troy neden bana çıkma teklif etmiyor?" diye sordu şişman ve kendine çok dar gelen kırmızı bir elbise giymiş kadın.

"Bence güzel kadın sendromu yüzünden" diye yanıtladı arkadaşı.

"Ne ki o?" diye sordu birincisi.

"Yani bir kadın çok güzelse erkekler korkup yaklaşamıyorlar, çekiniyorlar. İşte Troy'a olan da bu. O kadar güzelsin ki sana yaklaşmaya korkuyor."

Önce gülüp geçtim, ama gerçekten de güzel kadın sendromu diye bir olgu var. Ancak Jennifer Aniston ya da ünlü tenisçi Anna Kournikova kadar fiziksel çekiciliğe sahip değilseniz istediğiniz erkeği elde etmek için görünüşünüzden daha fazlasına ihtiyacınız var demektir.

Temelde uzmanlaşarak başarıyı yakalayın

Popüler kadın dergilerini ya da ilişki geliştirme konusunda yazılmış kitapları okursanız mutlaka daha çekici bir kadın olmanız için yüzlerce ipucu derleyebilirsiniz.

Ama yüzlerce ipucu bilmeniz, sizi hemen başarıya götürmeyecektir. Aslına bakarsanız çok fazla ipucu, gerekli eylemlere girişebilmek adına bir kararlılık yerine kafa karışıklığı da yaratabilir.

Yem hazırlamak, oltanın iğnesini lezzetli hale getirmektir.

En iyi olanı güzelliktir.

Ambrose Bierce
Amerikalı yazar (1842-1914)

Yapılması gereken en akıllıca şey, zamanınızın ve enerjinizin büyük bölümünü aşk hayatınızda önemli değişiklikler yapacak anahtar alanlara yoğunlaştırmanızdır.

The Best Success: A Treasury of Success Ideas kitabının yazarı Wynn Davis şöyle yazıyor: "Konsantrasyon, başarının kapısını açan sihirli anahtardır. Gücümüzü belli amaçlara yoğunlaştırırsak verimliliğimiz artar, projelerimizi gerçekleştiririz. Gücümüzü tek bir noktaya odaklarsak, harikalar yaratabiliriz."

Gücü odaklamak, hızlı kişisel gelişim sağlamanın ve amaca ulaşmanın gizli anahtarıdır.

Cazibenizi güçlendirin

Cazibesi daha güçlü olan kadının bu yarışta kesin üstünlüğü olduğunu aklınızdan çıkarmayın. Şimdi bunu bilerek odaklanmanız gereken aşağıdaki beş cazibe alanına bir göz atalım:

♡ **Yeminizi taze tutun.** 1971 yılı mezuniyet balonuzda kraliçe se-
çilmiş olabilirsiniz, ama artık bunu anılarınızda bırakıp bugünkü
halinize bakmaya başlamalısınız. Kaynaklarınızı güncelleyin ve
bugün en iyi şekilde olabilmek için kendinizi baştan yaratın.
Yorgun ve modası geçmiş bir duruş izlemek zorunda kalmaktan
daha kötü bir şey yoktur. Yeminizin taze olmasına dikkat edin ve
bugünkü aşk hayatınız için kendinizi güncelleyin.

♡ **Fiziksel yeteneklerinizi geliştirin.** Güzelliğinizin, çekiciliği-
nizin, sağlığınızın, formunuzun, canlılığınızın, ses tonunuzun ka-
litesini ve fiziksel hareketlerinizin zarafetini geliştirmek ve daha
çarpıcı olmak için elinizden geleni yapın. Seçkin bir görünüşü
olan, sesiyle cezbeden, samimi dokunuşları olan ve izlemesi bile
etkileyici olan bir kadın, erkeğin dikkatini hemen çeker ve bu
dikkatin sürekli üzerinde kalmasını sağlar.

♡ **Oyunun kurallarını öğrenin ve geliştirin.** Erkekte tutkuyu tu-
tuşturmanın anahtarı, kadının aşk oyununu iyi oynamak için ge-
rekli özgüvene ve yeteneğe sahip olmasıdır. İletişim kurmaktaki
becerinizi geliştirmek, eğlendirici ve ikna edici olmanızı sağlaya-
cak yollar bulmak için elinizden geleni yapın. Akıllı kadınlar er-
kekleri duygusal anlamda etkilemenin entelektüel anlamda etkile-
mekten daha önemli olduğunu bilirler. Sosyal oyunlarda en "kıpır
kıpır" olan kadınlar, en çok merak uyandıran ve bu ilgiyi hep canlı
tutabilenlerdir.

♡ **Yüreğinizle oynayın.** Bir Filipin atasözü şöyle der: "Güzellik
geçicidir, ama iyilik değil." Sıcaklık, sevecenlik, şefkat, minnet-
tarlık, neşe, tutku, samimiyet, hoşgörü, anlayış, duyarlılık, cö-
mertlik ve esneklik gibi olumlu duygusal yeteneklerinizi ortaya
koyun. Öfke, eleştirel yaklaşımlar, kıskançlık, sertlik, alaycılık,
iğneleyicilik gibi sizi olumsuz gösterecek davranışlardan kaçı-
nın. Kaliteli bir erkek, en can alıcı değerlendirmelerini kadının
kalbine yöneltecektir.

♡ **Klas sahibi olun.** At yarışlarında genellikle en hızlı koşan değil
en klas olan at kazanır. Klas, yarışta en kritik olan son noktaya ge-
lindiğinde ne kadar güç kaldığının belirleyicisidir. Ağırbaşlı ve
dengeli bir özgüven, zarafet, iyi konuşma, zevk ve stil sahibi olma
konusundaki yeteneklerinizi geliştirmeye çalışın. Bu yetenekleri-
niz rekabet ortamı kızıştığında göze çarpacak ve sizi öne çıkara-
caktır.

Yaşamın herhangi bir alanında başarılı olabilmek için binlerce kü-
çük şey değil temel alanlarda ustalık gerekir.

Yem testi

Erkekleri etkilemekte ne kadar beceriklisiniz?

Yeminizi kontrol edin. (Seçeneklerinizi belirleyin ve puanlarınızı hesaplayın.)

YETENEK: FİZİKSEL OLARAK NE KADAR ÇEKİCİSİNİZ?

☆ Fiziksel görünüşünüz	Kötü	İdare eder	İyi	Harika
☆ Dişilik/kadınsılık	Kötü	İdare eder	İyi	Harika
☆ Ses kaliteniz	Kötü	İdare eder	İyi	Harika
☆ Form/sağlık/canlılık	Kötü	İdare eder	İyi	Harika

OYUN: ERKEKLERİN İLGİSİNİ ÇEKMEKTE NASILSINIZ?

☆ Cinsel çekicilik	Kötü	İdare eder	İyi	Harika
☆ Özgüven/zarafet	Kötü	İdare eder	İyi	Harika
☆ Konuşma yeteneği	Kötü	İdare eder	İyi	Harika
☆ Sağduyu	Kötü	İdare eder	İyi	Harika

KALP: ONUN DUYGULARINI HAREKETE GEÇİRMEKTE NASILSINIZ?

☆ Duygusal sıcaklık&şefkat	Kötü	İdare eder	İyi	Harika
☆ Dinleme&anlama yeteneği	Kötü	İdare eder	İyi	Harika
☆ Takdir etme duygusu	Kötü	İdare eder	İyi	Harika
☆ Zevk alma&eğlenme	Kötü	İdare eder	İyi	Harika

KLAS: NE KADAR SAYGI DUYULUYORSUNUZ?

☆ Sorumluluk duygusu	Kötü	İdare eder	İyi	Harika
☆ Zorlukları yenmek	Kötü	İdare eder	İyi	Harika
☆ Dürüstlük&güvenilirlik	Kötü	İdare eder	İyi	Harika
☆ Temel mali tutarlılık	Kötü	İdare eder	İyi	Harika

Puanlar: Harika 4 **Toplam skor** 53-64 Dayanılmaz
İyi 3 40-52 Bakılmaya değer
İdare eder 2 26-39 Sıradan
Kötü 0 0-25 Hiç şansı yok

Sonuç
Sadece yeminizi yakalayanı yakalayabilirsiniz.
En çekici yem, her zaman en çok dikkati çekendir.

Kişisel bir aşk koçu bulun

Köşe yazarı ve ilişki uzmanı Ann Landers, "Köpeğinizin size olan hayranlığını harika olduğunuzun somut kanıtı olarak görmeyin" diye salık veriyor.

> Kadınlar yetenek, erkekler güzellik peşindedir.
>
> **Vietnam atasözü**

Çekim, aşk oyununun ana bölümüdür. Oyunu kazanmak amacıyla oynamak için, kendinize iyi bir koç ya da sizin çıkarlarınızı kollayacak bir dert ortağı bulun.

Rekabet kızıştıkça akıllı insanların çok kaliteli tavsiyeler ile ve dürüst ve eksiksiz geri bildirimlere ihtiyacı olacaktır. Bu, sporda da, iş hayatında da, aşkta da böyledir.

Aşk hayatınızda size mutluluğu getirecek olan, belki de ufacık bir tavsiyede saklıdır. Bu, ağız kokunuza çare bulmak, saç modelinizi değiştirmenizi önermek; daha iyi görünmenizi, daha etkileyici olmanızı, daha hoş bir ses tonu bulmanızı sağlamak; daha dost canlısı, daha iyi bir dinleyici, daha erişilebilir biri olmanıza yardımcı olmak; yeni yerlere girip çıkıp daha kaliteli bir çevre edinmenizi, size daha uygun erkekler tanımanızı ya da daha az eleştirel daha çok hoşgörü sahibi olmanızı sağlayacak bir tavsiye olabilir.

Güvenebileceğiniz ve fikrini sorabileceğiniz birini bulun. Önce durumu iyice kavramaya çalışın, geri beslenin. Sonra sizi destekleyen dostlarınızla neler yapılabileceği konusunda beyin fırtınası yapın, yapılması gerekenleri saptayın ve gerçekleştirin, sonra da semeresini alın.

> Nasihat, bildiğimiz ama bilmeyi istemediğimiz zamanlar istediğimiz şeydir.
>
> **Erica Jong**
> *How to Save Your Own Life* (1977) kitabının yazarı

Erkeklere en çekici gelen kadınların, en zengin aşk seçenekleri arasından seçim yapma olanağı sunulan kadınlar olduğunu unutmayın.

Aşk arayışına başlamadan önce yeminizin dayanılmaz derecede çekici olduğundan emin olun. Yoksa seçeneğiniz azalır ya da layık olduğunuzdan daha azıyla yetinmek zorunda kalabilirsiniz.

Sonuç olarak

Erkekler balığa benzer. Sadece yeminizi avlayanları avlayabilirsiniz. En çekici ve en işe yarar yem, her zaman ilk dikkati çekendir.

Genç bir kıza öğütler-beş ucuz güzellik sırrı:
Güzel dudaklar için,
iyi şeyler söyleyin.

Güzel gözler için,
insanlardaki iyiyi görün.

İnce bir gövde için,
yemeğinizi açlarla paylaşın.

Güzel saçlar için,
bir çocuk okşasın saçlarınızı.

Dik yürümek için
yalnız yürümeyin
bilgi yanınızda hep olsun.

Sam Levenson
Amerikalı mizahçı ve yazar (1911-1980)

* Erkekleri cezbetmekte ne kadar başarılı olduğunuzu test etmek için 82. sayfadaki testi çözün. Sonra 193. sayfadaki "Yem testi üzerine notlar"ı okuyun.

Bakın bakalım, dayanılmaz, bakılmaya değer, sıradan ya da umutsuz bir vaka mısınız?

Olta ipi

SOHBETTE İPLERİ ELİNİZDE TUTUN

Oltanın ipinde gevşeklik varsa,
balık kafasını sallayıp kancadan kurtulabilir.
Olta ipinin gevşek olması
her zaman sorun yaratır.

Cathy Beck
Cathy Beck's Fly-Fishing Handbook
(1996) adlı kitabından

olta ipi: 1. Genellikle tek lifli naylondan yapılmış balık yakalamaya yarayan misina. 2. Oltayı elinde tutan ile olta iğnesi arasındaki bağlantıyı sağlayan ip. 3. Günlük konuşma ya da geyik sohbeti.

Ne söylediğiniz ve nasıl söylediğiniz aşk konusundaki şansınızı artırabilir ya da yok edebilir.

İrlandalı yazar Oscar Wilde (1854-1900) "İster dostluk olsun ister evlilik tüm ilişkilerin bağı sohbettir" demiş.

> Herkesin hayatı bir dizi sohbet olarak yaşanır.
>
> Deborah Tanen
> *You Just Don't Understand* (1990) kitabının yazarı

Verimli bir aşk hayatında kalıcı olmak ve güçlü bağlar oluşturmak istiyorsanız, etkili konuşma yeteneğini kazanmanız ve geliştirmeniz gerekir.

Balıkçılıkla basit bir kıyaslama

Balıkçılıkta olta ipi balıkçı ile balık arasındaki bağdır. Eğer balık olta iğnesinden kurtuluyorsa bu genellikle ipin çok gevşek olmasından kaynaklanır.

Bu gevşeklik dikkatsizlik ve ihmalden doğar.

Bu şanssız olayı önlemenin yolu, yakalayacağınızla aranızdaki bu bağı önemsemek ve ipi yeterince gergin tutmak, gereksiz gevşekliği ortadan kaldırmaktır.

Bu hem balık avlamak hem de aşk hayatınız için gereklidir.

Bekârlar için buluşma ve gece kulübü

Birkaç yıl önce sosyal hayatımı zenginleştirmek ve seçeneklerimi çoğaltmak amacıyla "Altı Kişilik Masa" isimli bir bekârlar kulübüne üye olmuştum. Böylece on beş dolar bir ek ödeme ve artı olarak akşam yemeği tutarı karşılığında şık bir restoranda üç bekâr hanım ve iki bekâr erkekle yemeğe çıkma şansını elde etmiştim.

Bu sosyal durum karşısında apaçık karşıma çıkan şey, insanların günlük konuşmalar açısından ne denli zayıf ya da başarılı olduklarının hemen belli olmasıydı.

> Sohbet kucağınıza verilen sevgili bir bebek gibidir.
> Onu sallamalı, doyurmalı ve gülümsemesini istiyorsanız
> pohpohlamalısınız.
>
> Katrine Mansfield
> *The Dove's Nest*'in (1923) yazarı

Kimi zaman dostça sohbetler kızışır, ateşli tartışmalara dönerdi. Kimi zamansa yön değiştirir din, kürtaj, politika, seks ve para gibi hassas konulara girilirdi. Bazen de sohbetler çok sıkıcılaşırdı.

"Altı Kişilik Masa" muhabbetten bir meze gibiydi. Mezeden hoşlandıysan aynısından daha çok istiyordun.

Ama buluşma kulübünde fark ettik ki, bir akşam yemeği deneyiminde bile kötü konuşmacının sohbeti bayıyordu ve bir daha istenmiyordu.

İletişim yeteneklerinizi geliştirin

Bir diğeriyle ilişkinizin kalitesi, sizin sözel ve işitsel iletişim kalitenizden yüksek olamaz. Ne yazık ki çok az insan sohbetinin nasıl olduğunu değerlendirmek için zaman harcar.

Amerikalı yazar ve denemeci Oliver Wendell Holmes (1809-1894), "Konuşmak güzel sanat dallarından biridir; en asili, en önemlisi ve en zoru" diye işaret etmiş.

Gelişmiş bir iletişim için işte size sohbette ipleri elinizde tutmanızı sağlayacak birkaç yararlı öneri:

♡ **Az ve öz konuşun.** Mark Twain, "En kötü ölüm, ölümüne konuşmaya maruz kalmaktır" demiş. İnsanları uzun monologlarla sıkmayın. Söylemek istediklerinizi çabuk söyleyip hemen ana konuya gelin, karşınızdakine de konuşmak için şans tanıyın.

♡ **Dinleyici kitlenizi hep kontrol edin.** Kitlenizin dikkatini uyanık tutmaya çalışın. Nezaket icabı dinlemek ile ilgiyle dinlemek arasındaki farkı öğrenin. Dinleyicileriniz kıpırdanmaya başladıy-

*İki kişinin sohbeti
anılarda, eğer anılar haz vericiyse
tıpkı müzik gibi ya da sevişmek gibi
sarsıcıdır. Bunda beklenti ve haz uyandıran
bir ritim ve öngörü vardır.*

Jessamyn West
The State of Stony Lonesome'ın (1984) yazarı

sa, artık gerçekte söylediklerinize kulak vermiyorlar demektir. Bunu, susup dinlemeye başlamak için bir işaret olarak değerlendirin.

♡ **Söyleyecek iyi bir şeyiniz olsun.** Anlatmak istediklerinizi ilginç bir hale getirebilecek yöntemleri çalışın ya da deneyimlerinizden çıkarın. Ufkunuzu günbegün genişletin, anlatacaklarınızı güncel tutmaya çalışın, anlatacağınız ilginç bir şey olsun. *USA Today* gibi kaliteli günlük bir gazete okuyun.

♡ **Güzel söz söyleme sanatını öğrenin.** Mizah, samimiyet, içtenlik gibi konularda ustalaşın. Taze, renkli, eğlendirici ve canlı öyküler anlatmayı öğrenin. Konuşma sanatı, söylediklerinizden çok onları nasıl söylediğinizle, kendinizi nasıl ifade ettiğinizle yakından ilgilidir. İyi bir konuşmacı, en sıkıcı konuları bile ilginç bir hale getirebilir.

♡ **Neyin söylenmemesi gerektiğini öğrenin.** *Under Five Reigns'*in (1910) yazarı Dorothy Neville, "Konuşma sanatı sadece doğru yerde doğru şeyi söylemek değildir, daha güç olanı en kışkırtıcı anlarda kimi şeyleri söylenmemiş bırakmaktır" demiş. Tartışmalarımızda bazen kendi iyiliğimiz için dürüst olan ile yararlı olan ve hatta söylenmemesi gerekenler arasında bir seçim yapmak durumunda kalabiliriz. Her seçeneğin kendine uygun zamanlaması vardır.

♡ **Söyleyeceklerinizi duyguyla besleyin.** Sohbetlerinizi duygularınızın etkisiyle güçlendirin. İnsanlar bildiklerinizi görmekten çok hissettiklerinizi bilmekten hoşlanırlar. Yeterli derecede duygu katarak insanlar üzerindeki etkinizi artırabilirsiniz.

♡ **Ses tonunuzu eğitin.** Yapılan araştırmalar, insanlar üzerinde ses tonunuzun söylediklerinizden daha çok etkili olduğunu ortaya koymuştur. Sesinizin tonunu, perdesini, hızını, ritmini ve rengini dinleyenlerin hoşuna gidecek şekilde ayarlamaya dikkat edin. Güzel, hoşa giden bir ses tonu, bir kadının bırakacağı etkiyi farkında olmadan inanılmaz derecede artıracaktır.

Bir Alman atasözü, "Ustalığın yolu çalışmaktan geçer" der. Şu anki yetenek düzeyiniz ne olursa olsun, sohbet konusunda etkili ve uzman olmak istiyorsanız, alıştırmalar yaparak başkalarıyla iletişim ve etkileşim kurmakta giderek daha da ustalaşabilirsiniz.

Aldığınız tepkileri değerlendirin

Akılda tutulması gereken son nokta, sohbetteki iletişiminizi değerli kılan, belagatinizin ne kadar kuvvetli olduğunu düşünmeniz, kendinizi nasıl güzel sözcüklerle ifade ettiğinizi sanmanız değildir. İletişim beceriniz haklı olarak aldığınız tepkilerle ölçülür.

İngiliz yazar ve sözlükbilimci Samuel Johnson (1709-1784) "En mutluluk verici sohbet, belirgin olarak hiçbir noktanın hatırlanmadığı, ama hatırlandığında hoş bir intiba bırakandır" demiş. Eğer hedef kitleniz üzerinde negatif bir tepki yarattıysanız en hünerli söylev ve en soylu içerik bile bir işe yaramaz.

> Çok fazla parlak olmanın sakıncaları vardır;
> zekâ kıvraklığı güldürebilir ama çok ilgi çekici bir konudan
> uzaklaştırabilir.
>
> Margot Asquith
> *More or Less About Myself*'in (1934) yazarı

Genel olarak, erkeği hayran bırakan ve kendisiyle ilişki kurma arzusu uyandıran kadın, sohbeti iyi olan ve ipleri elinde tutandır.

Sonuç olarak

Erkekler balığa benzer. İlişkide ipleri iyi tutun ki avınız elinizden kaçmasın. Yoksa romantik ilişki seçenekleri olan seçkin bir erkek, duygusal olta iğnesinden ilgisini çekmediği için kurtulup gidecektir.

Olta iğnesi

SADECE EN GÜVENLİ ALETİ KULLANIN

İnsanlar her zaman
ihtiyaç duydukları insani anlayışa sahip kişilere
duygusal olarak bağlanıp kalırlar.

Thomas McKnight ve Robert Phillips
Love Tactics: How to Win the Love You Want (1988)
kitabının yazarları

olta iğnesi: 1. Oltayla balık tutmak için gerekli, ucu çengelli metal. 2. Ucuna yem takılan, avlamaya yarayan alet. 3. Erkeği kadına bağlayan ana unsur.

Romantik bir ilişkide erkek kadına olan ilgisini yitirmeye başladığında tehlike çanları çalmaya başlar. Bunun farkında olan akıllı bir kadın erkeğinin ilgisini hep taze tutmaya çalışır. Bunu başarmanın iki yolu vardır. Biri erkeği çeşitli entrikalarla düş kırıklığına uğratıp idare etmektir. Diğeri ise, erkeğin duygusal gereksinimlerini bir an önce ve zarafetle tam anlamıyla karşılamaktır. İki metot da kısa vadede işe yarar. Ama ikinci yol daha güvenilir, uzun soluklu, ahlaki ve daha bilgecedir.

Aşk hayatınızı uzun vadede emniyet altına almak istiyorsanız, erkeğin en derin duygusal ihtiyaçlarını her zaman karşılamaya çalışın.

Balıkçılıkla basit bir kıyaslama

Balıkçılıkta, balığın oltanın ucuna takılan ve balığın yakalanmasını sağlayan alete olta iğnesi denir.

Geçen sonbaharda Missouri Springfield'e gittim Amerika'nın spor malzemeleri satan en büyük mağazası The Bass Pro Shop'a girdim. Orada çeşitli boylarda ve şekillerde ve kalitede olta iğneleri olduğunu fark ettim. Birkaçını saymak gerekirse olta iğnelerinin, atıp çekmeli, üçlü çarpmalı, zokalı, yünlü, seğirtmeli gibi çeşitleri var.

Şimdilerde bir Japon firması çok satılan eskilerinden çok daha keskin ve dört misli daha dayanıklı olta iğneleri yapıyor. Yüksek kaliteli bir olta iğnesi zahmetli av sürecinde balığın oltadan kaçmasını önler. *Fishing Bacis: The Complete Illustrated Guide* kitabının yazarı Gene Kugach şöyle yazmış: "İğne alırken dikkat etmeniz gereken en

Erkeğin kalbine giden
en kısa yolun
midesinden geçtiği söylenmiştir hep.
Ama artık biliyoruz:
Erkeğin kalbine giden
en hızlı ve en emin yol,
benliğinden geçendir.
Erkeğin egosu,
kadının ilgisine
en büyük coşkuyla
yanıt vereceği
en hassas yanıdır.

Mary Kirby
Mary Kirby's Guide to Men (1983)
kitabının yazarı

önemli şey, tanınmış bir markanın iğnesini almaktır. Ucuz iğneler balığı kaybetmenize neden olur." Balıkçılıkta ve aşk hayatınızda sürekli başarıyı yakalamak istiyorsanız, en kaliteli ve en güvenilir iğneyi alın.

En kaliteli aşk iğnesi

Çarpıcı bir güzelliğin, bir erkeği "oltaya takmakta" en kestirme yol olduğunu yadsımak anlamsızdır. Ama tek başına güzellik uzun süreli bir ilişkiyi ayakta tutmaya yetmez. Öyle olsaydı Hollywood ünlülerinin hüsranla biten aşklarının listesi bu kadar kabarık olmazdı.

Güzellik üzerine kurulu aşkın ömrü güzelliğin kendisi kadardır.

John Donne
İngiliz yazar ve din adamı (1572-1631)

Amerikalı psikolog ve felsefeci William James (1842-1910), "İnsan doğasındaki en belirgin ilke, güzellikten çok takdir edilme duygusuyla yanıp tutuşmasıdır" demiş.

Takdir edilme yolları sanatını iyi öğrenen biri, uzun süreli ilişkiler kurmakta başarılı olur. Bir erkeği beğendiyseniz değerlendirmeniz gereken üç alan vardır.

♡ **Saygı.** Bir erkekten bilgili olduğu için hoşlanın; güçlü olmasından, lider vasıfları taşımasından, kişisel donanımlarından, ilgi alanları konusunda gördüğü saygıdan hoşlanın. Başarılarından gurur duyan erkekler, bu başarı sizin tarafınızdan da kabul gördüğünde olumlu bir karşılık verirler.

♡ **Beğenilme.** Bir erkeğin mizah gücünü, aklını, kişiliğini ve kişisel cazibesini takdir edin. Hemen tüm erkekler (tıpkı kadınlar gibi) başkaları tarafından kabul görüp beğenilmekten hoşlanırlar.

♡ **Çekicilik.** Erkeğin fiziksel görünüşünü, zindeliğini ve giyim zevkini takdir ettiğinizi belli edin. Erkekler kadınlara fiziksel olarak çekici görünmekten hoşlanırlar.

Erkekler de kadınlar da takdir edilmekten hoşlanırlar. İnsan doğasının temel prensibidir bu.

İyi bir dinleyici olma becerinizi geliştirin

Psikolog ve köşe yazarı Dr. Joyce Brothers şöyle yazmış: "Yapaylığa kaçmadan dinlemek, iltifat etmenin en samimi biçimidir. Eğer birini etkilemek istiyorsanız söylediklerini dinleyin."

Erkekler bana kafam nedeniyle bağlanmazlar.
Kafama takmadıklarım için bağlanırlar.

Gypsy Rose Lee
Amerikalı oyuncu ve hiciv sanatçısı (1914-1970)

İyi bir dinleyici olmak takdir etmenin temel göstergesidir. İşte size iyi bir dinleyici olabilmeniz için bazı basit öneriler:

♡ **Samimi bir ilgi gösterin.** Erkeğin anlattıkları arasından eğlendirici, etkileyici, hoş, ilginç yanlar bulmaya çalışın. Eğer çok isterseniz bulabilirsiniz. Erkek, konuşan bir kadından çok dinleyen kadından etkilenir.

♡ **Düşünülmüş ve düşündürücü bir soru sorun.** Anlatılanı iyice aydınlığa kavuşturacak düşünülmüş ve düşündürücü bir soru sorun. Becerebiliyorsanız, erkeği güçlendiren gurur, heyecan, zevk ve tutku gibi saygınızı açığa çıkaracak sorular sorun.

♡ **Gerçekten değer verdiğinizi gösteren bir iltifat yapın.** Onun kişiliğine özgü ya da sahip olduklarına, zevkine yönelik ince bir iltifat yapın. Erkekler zamanında ve samimiyetle yapılmış iltifat karşısında yelkenleri suya indirirler.

♡ **Yanıtlamadan önce kısa bir süre duraklayın.** Erkeğin lafı bitip sıra sizin cevabınıza geldiğinde kısa bir süre duraklayın. Konuşmaya başlamadan önce duraklamak şık bir davranıştır. Erkeğin söylediklerine karşı ince, ancak güçlü bir saygı ifadesini simgeler.

♡ **Açık sözlü olun.** İçtenliğin gücünü hiçbir zaman küçümsemeyin. Uygun zaman geldiğinde yürekli bir dürüstlükle, ama uygun bir dille yaklaşarak erkeğin kalbine nokta atış yapabilirsiniz.

♡ **Hüküm vermek yerine kavramaya çalışın.** Olayları erkeğin baktığı yerden görmek gibi bir alışkanlık edinmeye çalışın. Erkeğin söyledikleri karşısında rahatsız olduğunuzu belli etmek, onun size karşı gelecekte açık davranma isteğine zarar verecektir. Aynı zamanda kalbini size karşı kesin olarak kapatma ihtimali de vardır.

Aranızda sarsılmaz bir bağ yaratın

Dinleme konusunda etkili olmak için çalışın ve bu yeteneğinizi geliştirin, böylece takdir ettiğinizi kurnaz, ama zarif bir şekilde belli edecek ve etkili olacaksınız.

Kadının amacı, ilgilendiği erkeği onu şimdiki zamanda ve öngörülebilecek gelecekte gerçekten takdir ettiğine inandırmaktır.

Kadın tutarlı, yaratıcı ve zarafet içinde, erkeğin hayatında en duyarlı olduğu alanlara takdir duygularını belli edebildiği ölçüde onunla ilişkisinde duygusal, fiziksel ve ruhsal birlik anlamında güç kazanacaktır.

Aşk, nefret, hayırseverlik, intikam duygusu, insanlık, yüce gönüllülük, bağışlayıcılık dediğimiz şeyler nedir? Ana bir itici güçten doğan farklı sonuçlar: Kendini onaylama ihtiyacını güvenceye almak.

Mark Twain
Amerikalı yazar (1835-1910)

En kaliteli olta iğnesini kullanarak, duygusal bozgunlar, kötü haberler, diğerlerinden kötü etkilenişler, çatışmalar/öncelik değişimleri, acılar gibi güncel sıkıntılara karşı koyabilir ve direnebilirsiniz, yoksa tüm bunlar zaman içinde aşk ilişkinizi kötü etkileyecektir. Ucuz iğne balık kaçırır. Sadece kaliteli iğneler aşkınızı emniyet altına alır.

Sonuç olarak

Erkekler balığa benzer. Büyük olanlar oltaya takılmamak için çok direnir ve savaşırlar. Aşkınızı elden kaçırmak istemiyorsanız, kaliteli bir olta iğnesi kullanın. Bütün akıllı olta avcıları fiziksel, duygusal ve ruhsal güçlerini sarsılmaz bir bağ elde etmek ve muhafaza etmek için harcarlar.

Büyük balık

NE YAKALAMAK İSTEDİĞİNİZE TAM OLARAK KARAR VERİN

*Balık, eşiniz kadar
önemli bir av değildir.*

Arnold Gingrich
The Well-Tempered Angler (1965) kitabının yazarı

büyük balık: 1. Her olta balıkçısının yakalamak istediği. 2. Bir aşk ilişkisine çokça zevk, çok az acı katan erkek. 3. Size en denk eş.

Yıllar boyu, *Rüzgâr Gibi Geçti, Özel Bir Kadın, Romeo ve Juliet, Bulunduğumuz Yol, Sevginin Bağladıkları, Harry ile Sally Tanışınca, Yasak İlişki, Amerikan Başkanı, Kalbinin Sesini Dinle* gibi ünlü sinema filmlerinin bu denli beğenilmesi, kadınların özel bir erkekle harika bir romantik ilişki yaşamak istedikleri düşünü ortaya koymuştur. Ama bu ilginç bir kişisel soruyu gündeme getirir: *Bir erkeğin sizin için özel olması için ne gerekiyor?*

Yaşayan en seksi erkek ödülü

Her yıl *People Magazine* dergisi "Yaşayan En Seksi Erkek" adında özel bir sayı çıkarır. Daha önce ödül alanların arasında, Mel Gibson, Jude Law, Brad Pitt, Sean Connery, Tom Cruise, Patrick Swayze, Harrison Ford, Denzel Washington, John Kennedy, Jr., Pierce Brosnan, Ben Afflect, Johnny Depp ve George Clooney gibi isimler vardı. 2005 yılında, "Yaşayan En Seksi Erkek" ödülü 36 yaşındaki Teksaslı aktör Matthew McConaughey'ye gitti.

People Magazine dergisi McConaughey'yi şöyle tanımladı: "Yiğit, tutkulu... endorfin püskürten bir erkek."

Matthew McConaughey bunların tümüne sahip görünüyor; gerçekten de yakışıklı, yetenekli, cazibeli, sağlıklı, ünlü, varlıklı üstelik âşık (aktris Penelope Cruz'a). Vasat bir ilişkidense harika bir ilişki peşinde koşan bir kadın olarak siz de her şeye sahip olan bir erkek bulmak istersiniz –yani uzun süreli bir aşk ilişkisi için gerekli olan her şeye sahip bir erkek.

Balıkçılıkla basit bir kıyaslama

Balıkçılıkta acemi balıkçılar ya en büyük balığı ya da en çok balığı tutma düşü kurarlar. Ama kıdemli balıkçılar değişik düşünürler. *The Little book of Fly-Fishing* kitabının yazarı Tom Davis şöyle yazmış: "Temel Gerçekler: Ödülün boyutu mücadelenin boyutuyla orantılıdır, balığınkiyle değil. Bunu daha önce çok duydunuz, ama doğruluğu kanıtlanmıştır. Biri imkânsız bir delikten 25 cm'lik bir balık çekip çıkardıysa büyük başarı elde ettiğini bilir."

Hem balıkçılıkta hem de aşk hayatınızda ödülünüzün ne kadar büyük olduğu görülmez, ama önemli değerlere bağlıdır. Bu değerlerin ne olduğunu belirlediyseniz ve onları ne biçimde değerlendireceğiniz bilgisine sahipseniz "büyük olanı" bulma yolundaki sıra ermişsiniz demektir.

Büyük balık denklemi

Fransız yazar Voltaire (1694-1778), "Haz almak tüm akıllı yaratıkların amacı, görevi ve hedefidir" der.

Sizin ve benim yaptığımız her şey ya acıya engel olmak dürtüsünden
ya da haz almak isteğimizden kaynaklanmaktadır.

Anthony Robbins
Awaken the Giant Within (1991) kitabının yazarı

Öte yandan bir Amerikan atasözü, "Her zaman bedelini hesaba katın" der.

Bilge bir insan bir yandan haz alma dürtüsünü tatmin ederken öte yandan da bedelini hesaba katmalıdır.

Daha basite indirgemek gerekirse, aşkınızın büyüklüğünü hesaplamak için size verdiği hazdan verdiği acıyı çıkarmalısınız.

Bu noktayı daha da açıklamak için işte size birlikteliğinizde başkalarıyla kıyaslama yapabileceğiniz beş ilişki senaryosu:

Büyük olan:	Büyük haz/az acı
Arkadaş:	Ortalama haz/az acı
Tanıdık:	Az haz/ az acı
Çılgın aşk:	Çok haz/ çok acı
Düşman:	Az haz/çok acı

Büyük balık, ilişkinize sürekli olarak bol miktarda haz (mutluluk) katkısında bulunan, ama az acı verendir.

Hadi yüzleşelim,
çekici ama SOĞUK ("küstah")
bir erkek yolumuza çıktığında,
aramızdan kimileri külotlarıyla
pabuçlarını parlatmaya bile talip olur.
Kötü, kendini beğenmiş halleri
bir şekilde onu "çekici" yapar.
Bunun neden böyle olduğunu
anlatan milyonlarca
bilimsel açıklama vardır
ve evet, evet, bu çok iğrenç,
ama yapacak hiçbir şey yok.

Amerikalı yazar ve karikatürist Lynda Abby Adams
An Uncommon Scold (1989) adlı kitabından

Büyük balık testi

Rüyalarınızın erkeğini yakalamış mısınız?
Hayatınızdaki erkeği ölçün.

Yetenek: Onu ne kadar beğeniyorum?

✰ Fiziksel görünüm	Kötü	Orta	İyi Çok iyi
✰ Zekâ & Duygu	Kötü	Orta	İyi Çok iyi
✰ Para/servet/başarı	Kötü	Orta	İyi Çok iyi

Oyun: İlgimi ne kadar çekebiliyor?

✰ Espri gücü	Kötü	Orta	İyi Çok iyi
✰ Kendine güveni & gücü	Kötü	Orta	İyi Çok iyi
✰ Konuşma becerisi & cazibesi	Kötü	Orta	İyi Çok iyi

Kalp: Onu ne kadar beğeniyorum?

✰ Duygusal sıcaklık & sevecenlik	Kötü	Orta	İyi Çok iyi
✰ Dinleme becerisi & anlama	Kötü	Orta	İyi Çok iyi
✰ Kadir bilmek & takdir etmek	Kötü	Orta	İyi Çok iyi

Karakter: Ona ne kadar saygım var?

✰ Sorumluluk duygusu	Kötü	Orta	İyi Çok iyi
✰ Güçlüklerin üstesinden gelmek	Kötü	Orta	İyi Çok iyi
✰ Dürüstlük & doğruluk	Kötü	Orta	İyi Çok iyi

Uyum: Ne kadar iyi bir takımız?

✰ Ortak insani değerler	Kötü	Orta	İyi Çok iyi
✰ Uyumlu yaşam tarzı alışkanlıkları	Kötü	Orta	İyi Çok iyi
✰ Uyumlu kişilikler	Kötü	Orta	İyi Çok iyi
✰ Uygun ilişki hedefleri	Kötü	Orta	İyi Çok iyi

Puanlar:		**Toplam puan:**	
Çok iyi	4	53-64	Kuyruklu yalan
İyi	3	40-52	İyi bir av
Orta	2	26-39	Ortalama boyut
Kötü	0	0-25	Atın gitsin

Sonuç olarak:
Bir erkeği genel paketi içinde mantıkla değerlendirin.

Tam olarak ne yakalamak istediğinize karar verin

Yani bir erkekte ne ararsınız? Çünkü bu ileride tadacağınız hazzın ya da acının ipucudur.

Erkek arkadaşlar hiç de arkadaş değildiler; onlar ödül, başarıların sembolü, baş döndürücü yabancıydılar; Ötekiydiler.

Susan Allen Toth
Blooming (1981) kitabının yazarı

Dikkatle gözler ve bilgece değerlendirme yaparsanız, çekici ama ele geçilmesi zor olan erkekleri tavlamanın yolları vardır. İşte size başarılı bir romantik av için gerekli kimi ipuçları:

♡ **Galip olanla başlayın, mağlupla değil.** Sadece galiplere özgü karakter özellikleri olan biri, sürekli mutluluk ve az acı vaat edebilir. Unutmayın, büyük balıklar galipler arasından çıkar. Kıymetli zamanınızı, enerjinizi ve duygularınızı uzun vadede kesin mağlup olacaklara harcamayın. Sizi bekleyen kötü şans ihtimali değişmezdir.

♡ **Sadece erkeğin nakdini değil nabzınızı da denetleyin.** Eski bir Yunan atasözü, "Aşk, tutku olmaksızın gelişemez" der. Bir erkek eğer içinizde tutku ateşini yakamıyorsa, cüzdanı şişkin de olsa romantik bir ilişki yaşamak için hiç şansınız yok demektir. Siz de cinsel heyecan yaratan ve ayaklarınızı yerden kesen bir erkek arayın, aşağıya çeken değil. Fiziksel uyumun yerine konulabilecek bir şey yoktur.

♡ **Statü yerine kişilik sahibi birini hedefleyin.** Erkekler, çocuksu kişilikleri ve erkeksi güçleriyle çok çekici olabilirler. Ama bir erkeğin çekiciliğinin altında temel karakteri yatar. Eğer gerçekten tutarlı, uzun süreli ve doyurucu bir aşk hayatı arayışındaysanız, öncelikli tercih nedeniniz kişilik olmalıdır.

♡ **Havalı bir omza yaslanmak yerine sıcak bir yüreğe yaslanın.** İnsanın en anlaşılmaz taraflarından biri hoş ve de boş kişilere zaaf duymasıdır. Ama eğer sıcak, şefkatli, duyarlı ve tutkulu bir ilişki peşindeyseniz hoşluğun yanında aşk için gerekli diğer nitelikleri taşıyan birini bulmalısınız. Bir erkek, size kendisinde olanlardan fazlasını veremez.

♡ **Yaşam tarzları sizinkine uyan birini bulun.** Sadece cazibeli, etkileyici ve heyecan verici bir erkek sizin için doğru seçim olmayabilir. Eğer benzer değerleri ve yaşam tarzını paylaşmıyorsanız farklılıklarınız birikerek yığılabilir. Unutmayın, farklı kutuplar başlangıçta birbirini çeker gibi görünse de zaman içinde uyuşmazlıkla birbirlerini reddederler. Uzun vadede benzer değer yargıları ve yaşam tarzları daha emin ve uzun süreli bağlar oluşturulmasını sağlar. Tekrar eden kişisel çatışmalar çok fazla acı çekilmesi sonucunu getirir. Aşk ilişkisinde atışma yerine uyumu seçin, tabii gerçekten güvenli, uzun süreli ve mutluluk verici bir aşk hayatı özlemi içindeyseniz. Yani farklılıklar ilginç ilişkiler açısından parlak görünebilir, ama kalıcı ilişki açısından hiç de öyle değildir.

♡ **Sizinle çatışan değil sizi tamamlayan birini arayın.** Herkesin "iyi karakter" vasıflarına sahip birini aradığını yadsımamak lazım. Ama şu da var ki kimi karakter özelliklerine sahip olanlarla daha çok uyum sağlarsınız. Sürekli tekrarlanan kişilik çatışmaları, dinmek bilmeyen duygusal acılara neden olur. Aradığınız uzun soluklu huzur dolu bir aşk ve mutluluksa ilişkinizde çatışma yerine uyumu seçin.

Erkeği anlamak mı, yakalamak mı gerektiğini kavramak hiç de kolay bir şey değildir. Ama tam olarak ne istediğiniz ve istemediğiniz konusunda akılcı bir yaklaşım sizi mutluluğa yaklaştıran ve acıdan uzaklaştıran doğru yola götürecektir.

Önceden akıllıca kararlar verin

Tempted Women adlı kitabın yazarı Carol Botwin şunu öneriyor: "Bir erkeği kalitelerinden, değerlerinden ve size uygunluğundan ötürü seçin; konumundan, gücünden ya da görünüşünden dolayı değil."

İşin zor olan yanı değerlendirmeyi ilişkinin ilk dönemlerinde, duygusal olarak iyice bağlanmadan yapmaktır. Yoksa en akıllı kadının dahi kendini en ruhsuz ilişkinin içinde bulması içten bile değildir.

Sizin için ideal bir aşk ortağı bulmanın sırları şunlardır: (1) Kendinize iyi bir değerlendirme süresi tanıyın. (2) Enerjinizi, sizin için doğru erkeğe ve en iyi duruma yoğunlaştırın. (3) Uzun süreli mutluluk peşinde olun. (4) Her zaman doğru olanı yapın.

Sevdiğiniz birini elde etmek, sizi sevmesini sağlamak
ve onunla evlenmek için oynanabilecek oyunlar ve hileler vardır,
ama bu onu sizin için doğru kişi yapmaz.

John Gray
Erkekler Mars'tan Kadınlar Venüs'ten (1997) kitabının yazarı

Bu önerileri uygularsanız, zaman yitirmez ve küçük taliplerle boşa uğraşmazsınız. Bu da gerçekten istediğiniz ve ihtiyaç duyduğunuz şeye

–beğendiğiniz ve saygı duyduğunuz, çekici, sevmeye değer ve hayatınıza güzelce uyum sağlayabilecek bir erkek– daha iyi odaklanmanızı ve ona daha fazla zaman ve enerji ayırmanızı sağlar.

Sonuç olarak

Erkekler balığa benzer. Küçük olanların dikkatinizi dağıtıp yeminizi çalmasına izin vermeyin. Sadece büyük balıkları yakalamaya konsantre olun. Hedeflediğinizden büyük balık yakalamanız çok sık rastlanan bir şey değildir. O yüzden akıllı ve sabırlı olup çıtanızı yüksek tutun.

Hayatınızdaki adamı "Büyük Balık Testi" ile ölçün. Ve 194. sayfadaki "Büyük balık testiyle ilgili birkaç not" bölümünü okuyun. Erkeğin size duyduğu sevginin değerini ölçmenin bilge sırlarını öğrenin.

Balığı bol yerler

ZAMANINIZI EN İYİ NOKTALARDA HARCAYIN

Dünyanın büyük bölümü sularla kaplıdır.
Balıkçının işi kolaydır:
En iyi yerleri seçmek.

Charles F. Waterman
Modern Fresh and Salt Water Fly Fishing'in (1975) yazarı

balığı bol yerler: 1. Göl, nehir ve çaylarda balıkların bir araya geldikleri ya da beslendikleri ufak alanlar. 2. Balık yakalama olanağının yüksek olduğu yerler. 3. İstediğiniz erkeklerle karşılaşacağınız yerler.

Kendinizi hiç şarkıda söylediği gibi "yanlış yerde aşk peşinde" durumunda buldunuz mu? "Dating for Dummies" adlı radyo programının sunucusu Dr. Joy Browne şöyle diyor: "Eğer her gün Joe'nun barına takılarak ya da televizyonunuzun karşısında kıçınızın üstünde oturarak vakit geçiriyorsanız, ayaklarınızı yerden kesecek, sizi ateşlendirecek ya da en azından sizi tiksindirmeyecek bir kavalyeyi gerçek hayatta değil ancak fantezilerinizde bulursunuz."

Aşk hayatınız için doğru adamı bulmak istiyorsanız, onu "doğru" mekânlarda aramanız ya da avlanmanız gerekir.

Düşük olasılıklı bekâr barları

Bekâr kadınlar ve erkekler için, bir bar ya da kulüp karşı cinsten insanlarla tanışmak için uygun yerlerdir. Ama tüm işler gibi bunu yapmanın da bir akıllı bir de akılsız yolu vardır.

Benim favori barımın adı Long Beach Kaliforniya'da, Panama Joe's Cantina'dır. Son sekiz ya da dokuz yıldır düzenli olarak oraya gidiyordum.

Bir gün, bütün bu zamanlar içinde gerçekleştirdiğim bin kadar ziyarette sadece bir kez flört ettiğim bir kadınla tanıştığımı fark ettim.

Binde bir, kaliteli birileriyle tanışma oranı olarak hiç de iyi bir oran değil. İkinci bir ilişki olasılığı için bin kez daha oraya gitme fikri bana çok itici geliyor artık.

116

> Dünyanın en iyi balıkçısı bile
> balık yoksa hiçbir şey yakalayamaz.
>
> Anthony Acerrano
> *Sports Afield*'in balıkçılık editörü

Aslında bir bar zaman zaman müzik dinlemek ya da büyük ekranda maçları izlemek için iyi bir mekân olmakla birlikte hayallerinizdeki büyük romantik aşka ulaşmak için enerji tüketeceğiniz en uygun yer olmayabilir.

Kendisine iyi talipler bulmak için barlara gitmenin iyi bir yol olup olmadığı sorulduğunda, *Wake Up and Smell the Coffee* kitabının yazarı ve köşe yazarı Ann Landers şöyle demiş: "Alabalık yakalamak istiyorsanız, ringa balığı fıçısında avlanmaya kalkmayın."

Unutmayın, balıkçılıkta ve aşk hayatınızda, sizin olduğunuz yerde değillerse istediğiniz şeyi yakalayamazsınız.

Balıkçılıkla basit bir kıyaslama

Günümüz modern teknolojisinde artık elektronik balık bulucu denilen ve balığın derin suda tam olarak yerini gösteren elektronik aletler var.

Dişçimin bekleme salonunda bir balıkçılık dergisi karıştırırken yarım sayfalık bir ilanla karşılaştım, şöyle diyordu: *"ProFish II Balık Bulucu,* balıkçının ufak botuna birinci sınıf hizmeti sığdırır. 1 500 fite kadar görme imkânı, sekiz seviyeli renkli sinyal sistemi, yüksek hızlı zoom yeteneği, liman ya da ırmakta grafik seyir kılavuz ekranları, arabalarınkine benzer hızölçer grafiği, turbo hız planlayıcısı ve daha birçok aksesuarıyla birinci sınıf hizmet."

Bu yeni balık bulucular sayesinde bir balıkçı bulunması zor büyük balığın yerini kolaylıkla tespit edebilir. İşte bu nedenle akıllı balıkçılar balığın en bol olduğu yerlerde avlanırlar.

Balıkçılıkta ve aşk hayatınızda, zamanınızın büyük bölümünü gerçekten istediğiniz avın olduğu yerlerde arama yaparak geçirin.

Romantik fırsatlar yaratın

Paths of Power: A Woman's Guide From First Job to Top Executive kitabının yazarı Dr. Natasha Josefowitz şöyle yazar: "Nedir şans? Sadece rastlantı değildir, aynı zamanda fırsatları yaratmak, orada olduğunda fark etmek ve kapıyı çalınca açmaktır."

> Şans tek parmağını uzattığında elini tutmasını bilmeliyiz.
>
> İsveç atasözü

Tüm aşkların üçte biri
işyerinde başlıyor...
Ofis aşkı şirket kurallarının
baskılara karşın
canlı ve iyidir...
Her yıl 6 milyonla
8 milyon arası Amerikalı
işyerinden bir meslektaşıyla
romantik bir ilişkiye giriyor...
Bu ofis aşklarının yarısına yakını
uzun süreli ilişki
ya da evlilikle sonuçlanıyor.

U.S. News Dünya Raporu
14 aralık 1998

Balığı bol gözde mekânlar

Büyük balıkların takıldığı 101 nokta

(Büyük Balık: Çok çalışır, çok eğlenir, çok düşünür, değecek alanlara yoğunlaşır, güçlü bağlantılar kurar.)

1. Tenis ya da golf turnuvasına katılın
2. Üniversite ya da liselerin basketbol ya da futbol maçlarına gidin
3. Okulda bir spor takımında oynayın
4. Tüm festivallere, etkinliklere katılın
5. Aerobik, yoga ya da jimnastik dersleri alın
6. Golf sporuyla ilgilenin
7. Popüler bir yürüyüş ya da bisiklet yolu bulun
8. Dalgıçlık, kano ya da su kayağı öğrenin
9. Koşu yarışlarında şansınızı deneyin
10. Uygun bir kayak grubuna girin
11. Gözde mekânlarda balık tutmaya gidin
12. Tekne ve balıkçılık fuarlarını gezin
13. Golf kulübüne yemeğe gidin
14. Starbuck's'a gidip gazete okuyun
15. Açık hava kafelerinde öğle yemeği yiyin
16. Gece maçlarına gidin
17. Suşi bar ya da piyano barlara gidin
18. İşadamlarının gittiği yerlerde öğle yemeği yiyin
19. İlk yardım kursu alın
20. Sempatik bir barmenin olduğu bir bar bulun
21. Bir müze kahvesinde öğle yemeği yiyin
22. Yardım derneklerinin etkinliklerine katılın
23. Şehirdeki en iyi yerde öğle yemeği yiyin
24. Bekârlar için düzenlenen özel gezilere katılın
25. Hafta sonu kayak etkinliklerine katılın
26. Uzun hafta sonu gezilerine katılın
27. Business class'ta seyahat edin
28. Karaoke kulüplerine gidin
29. Bekârların gittiği yerlerde dolaşın
30. Bekârlara ait etkinlikleri takip edin
31. "Kendi işinizi kurun" türü seminerlere katılın
32. Sadece bekârların katıldığı gecelere katılın
33. Çöpçatan derneklerini deneyin
34. Şarap ya da yemek tadım gezilerine katılın
35. Gemi ya da tren gezilere katılın
36. Yaşadığınız şehri tanıtan gezilere katılın
37. Çeşitli eğitim kurslarına katılın
38. Bilgisayar ya da internet kursuna katılın
39. Bir yatırım seminerine katılın
40. Şehrinizin belediye etkinliklerine katılın
41. Bir günlük yöneticilik seminerine katılın
42. İyi konuşmacıların olduğu yemekli konferanslara katılın
43. İşyerinizde düzenlenen etkinliklere katılın
44. "Uçma korkusu" seminerine katılın
45. Özel gün davetlerine kendinizi çağırtın
46. Arkadaşlarınızın düğünlerine katılın
47. Mezun olduğunuz okulun gecelerine katılın
48. Seçkin partilere çağırılmayı sağlayın
49. Yazın barbekü partileri verin
50. Bowling salonu partilerine gidin
51. Çocuklarınızın futbol maçlarına gidin
52. Çocuğunuzun okul etkinliklerine katılın
53. Konserlere erken gidin, insanlarla tanışın
54. Varsa erkek kadın karışık kuaförlere gidin
55. Açık hava caz konserlerine katılın
56. Geceleri açık, şık marketlerden alışveriş yapın
57. Köpeğinizi parkta gezdirin
58. Gurme marketlerden şarap ve doğal gıdalar satın alın

59. Biriyle taksi paylaşın
60. Spor eşyası ya da bilgisayar malzemeleri satan mağazalardan alışveriş yapın
61. Hafta sonları araba yıkatmaya gidin
62. En iyi pazar brunch'ı veren yerlere gidin
63. Zarla oynanan oyunlardan öğrenin, gazinoya gidin
64. Marketlerde ikinci el CD'leri karıştırın
65. Hayvanat bahçesine, sirke gidin
66. Dekorasyon mağazalarını dolaşın
67. Yerel radyo ve televizyonun etkinliklerine katılın
68. Okulunuzun mezunlar derneğine üye olun
69. Bir üniversitede gece kurslarına katılın
70. Marangozluk gibi bir el sanatı kursuna yazılın
71. Erkeklerin katılacağı bir kursta ders verin
72. Dağ yürüyüşü ve rafting gibi etkinliklere katılın
73. Seçkin erkeklerin gittiği dükkânlara gidin
74. Şık kitapçılara sık sık uğrayın
75. Erkek sporları fotoğraflarını çekin
76. Sergi açılışlarına gidin
77. Tiyatro galalarına katılın
78. Müzayedelere katılın
79. Şehir kulübüne üye olun
80. Köpek ve erkek temasını işleyen fotoğraflar çekin
81. Semt sorunlarının tartışıldığı toplantılara katılın
82. Siyasi parti kollarından birine katılın
83. Bir arkadaşınızla bowling salonuna gidin
84. Sevgililer Günü yaklaşırken sosyal etkinliklere katılın
85. Yemek yapma yarışmalarına katılın
86. Tango gibi bir dans kursuna katılın
87. Şehirdeki en iyi birahaneye gidin
88. Antikacıları gezin
89. Konforlu otellerde kalın
90. Yerel yönetimlerle ilgili ciddi konuların tartışıldığı toplantılara katılın
91. İşyerinizin spor etkinliklerini izlemeye gidin
92. Ticaret odası toplantılarını izlemeye gidin
93. Dünya Günü gibi etkinliklere aktif olarak katılın
94. İleri sürücülük kurslarına katılın
95. Gençlik organizasyonlarına destek verin
96. Kadın golf grubuna katılın
97. Toplu dilekçeler için imza toplayın
98. Polo maçlarına gidin
99. Savaş sanatı dersleri alın
100. Araba yarışlarını izleyin
101. Erkeklerin oynadığı gece maçlarına gidin

Bulunması zor "büyük balığınız" ile karşılaşma şansınızı artırmanız için işte size uygulayacağınız yararlı stratejik fikirler:

♡ **Büyük balıkların olduğu yerlere gidin.** Bütün büyük balıkların hayatta kazananlar arasından çıktığını unutmayın. Yani eğer kazananla tanışmak istiyorsanız onların gittiği yerlere gidin. Tüm başarılı erkeklerin "çok çalışıp çok düşündüğünü, enerjilerini değecek alanlarda kullandıklarını ve güçlü bağlantılarının olduğunu" aklınızdan çıkarmayın. Siz ve arkadaşlarınız balık tutmak için yön bulma adına bu prensipleri bir harita gibi kullanın.

♡ **Büyük balıkların rahatladıkları yerlere gidin.** İnsanlara gardlarını almadıkları ve bir etkinlikle meşgul oldukları zamanlarda yaklaşmak daha kolaydır. Spor etkinlikleri, eğlence merkezleri, eğitim, seyahat, arkadaş ve aile ortamları, ev ortamları gibi insanların savunma mekanizmalarının güçlü olmadığı yerleri araştırın. İnsanlarla bir etkinlik ortamında daha doğal koşullarda tanışma olanağı elde edebilirsiniz. (Daha detaylı bilgi için "Büyük Balıkların Takıldığı 101 Nokta" listesini inceleyin.)

♡ **Atmosferi harika olan yerlere gidin.** Motor parçaları departmanı sizin için belki de gidilebilecek en sıkıcı yerlerden biridir. Ama öte yandan güneşli bir öğleden sonra sahil gezintisi insanda harika bir duygu yaratır. Ortam, insanların davranışlarını derinden etkileyen bir özelliğe sahiptir. İnsanları rahatlatan estetik anlamda hoş mekânlar arayın, buralarda keyifli ve hoş insanlarla tanışma olanağınız yüksektir.

♡ **Yakın çevrenizi iyi tanıyın.** Yakın çevrenizi küçümsemeyin. Hayalini kurduğunuz "büyük kısmet" belki de hemen yanı başınızdadır. Zamanınızın büyük bir bölümü yaşadığınız ya da çalıştığınız yerde geçtiğine göre, orada birilerini tanıma olasılığınız daha yüksektir. Nedense özel bir insanla sadece büyülü ortamlarda karşılaşabileceğimizi düşünmeye yatkınızdır. Ama çoğu kez böyle olmaz; fırsat, sade giysileriyle, normal koşullarda ve gündelik ortamlarda çıkar karşımıza.

♡ **Sosyal çevrenizi geliştirin.** Yeni insanlarla tanışmanın en etkili yollarından biri çevreniz tarafından tanıştırılmaktır. Arkadaşlarınız, aileniz, iş arkadaşlarınız eğer talep ederseniz yeni ilişkiler kurmanız konusunda çok verimli kaynaklar oluşturabilirler. Çevrenizi harekete geçirerek kaliteli sosyal etkinliklere katılma olanağınızı artırabilirsiniz. Bir kadının bir erkekle tanışmasında en iyi seçenek, ilginç bir şekilde bir başka kadın tarafından tanıştırılmaktır; akıllı ve iyi bir dost, hayatınızın erkeğini bulmanızı kolaylaştırabilir.

♡ **Yeni bir şey deneyin.** Kimi zaman gündelik yaşamda verilen bir mola yeni bir aşk hayatına başlamanız için uygun bir uyarıcı olabilir. İdeal erkek arkadaşınız bazı bakımlardan diğerleriyle aynı olabilir, ama kimi bakımlardan da emsalsizdir. (Bu konuda daha detaylı ipuçları için 195. sayfadaki "Online flörte giriş" bölümüne bakınız.)

♡ **Hızlı bir ilişki için tatile çıkın.** Tatilde birine âşık olmanın sakıncalı yanı, uzak mesafe engelli aşk yaşamanın getirdiği acılardır ve genellikle fantezilerin dağılmasıyla ya da ayrılıklarla sonuçlanır. Ama aradığınız heyecansa, hiçbir şey sıcak bir tatil aşkının yerini tutamaz. Yine de risk almayı istiyorsanız, bu tür ilişkilere son derece dikkatli yaklaşmayı unutmayın.

♡ **Bazı adamları yakalamak değil onlara ulaşmak zordur.**

Arayışınızı konforlu ortamınızdan dışarıya taşımaya çalışın, çünkü kaliteli erkekler kadınların kolayca uzanamayacağı yerlerdedir. Balıkçılıktan anlayan arkadaşlar edinin, sizi bu tür erkeklerin ortalıkta olduğu gözden uzak yerlere götürsünler.

Bir Çin atasözü, "Zekâ fırsatları görmek demektir" der. Ne istediğiniz konusunda kesin karar verin, yeni insanlarla tanışabileceğiniz ortamlara gidin ve doğru etkinliklere katılmaya gayret edin. Böylece karşınıza çıkabilecek ve gelecek vaat eden aşk olasılıklarını öngörür ve hazırlıklı olursunuz.

Kıymetli zamanınızı en uygun yerlerde harcayın

Aktör, yazar ve film yapımcısı Woody Allen, "Başarının yüzde sekseni beklenilen yerlerde görünmektir" demiş.

Olasılıkların lehinize çalışmasını istiyorsanız, sosyal zamanınızın çoğunu kaliteli erkeklerin olduğu yerlerde geçirin. Sonrasında aşk fırsatı karşınıza çıktığında tetiğe basmayı ve uygun bir şekilde karşılıklı etkileşim yaratmayı unutmayın.

Doğru erkekle karşılaşma başarısı, sadece oyunu daha zekice oynamakla ilgili bir şeydir.

Rüyalarınızın erkeğiyle karşılaşma şansınızı artırmak istiyorsanız, kafadar dostlarınızla birlikte doğru yerlere doğru zamanda, fiziksel ve duygusal anlamda en taze halinizle gidin.

Sonuç olarak

Erkekler balığa benzer. En uygun yem takılı oltanızı balığın en bol olduğu yere fırlatırsanız, mutlaka oltanıza büyük bir balık takılacaktır. Erkekler çekici, elverişli bir dişi yemin cazibesine çok ender olarak karşı koyabilirler.

Kalabalıklar

YARIŞ POZİSYONU ALIN

*Olta balıkçılığında
bir rekabet ortamı olmasa da
—hatta olmaması gerekse de—
balıkçı iyi bir oyun çıkarmak için
her zaman uğraşmalıdır.
Doğru kullanılan anlamıyla
uzman bir balıkçı olmak için
tıpkı rekabet gerektiren sporları yapan
diğerleri gibi gayretli ve coşkulu olunmalıdır.*

George La Branche
The Dry Fly and Fast Water (1914) kitabının yazarı

kalabalık: 1. Sınırlı bir alanda bulunan çok sayıda insanın oluşturduğu grup. 2. Seçkin bir balık için rekabet etmek durumunda kalacağınız rakipleriniz. 3. Beraber olunabilecek bir erkekle tanışma ortamında geri kalan bütün bekâr kadınlar.

Ormanda birden kızgın ve vahşi bir boz ayı tarafından takip edildiğinizi fark ettiğinizde kurtulma şansınız yokuş yukarı koştuğunuzda mı, yokuş aşağı koştuğunuzda mı daha yüksektir sizce? Yanıt, "ikisi de değildir" olmalıdır. Kızgın vahşi ayı, her iki yöntemde de sizi yakalayabilir.

Kızgın bir vahşi ayıdan kaçmanın en iyi yöntemi, yanınızda sizden daha yavaş koşan bir arkadaşınızın olmasıdır.

Yarış halinde olmam için birileriyle düşman olmam gerekmez.

Jackie Joyner Kersee
Amerikalı Olimpiyat şampiyonu

Söylemek istediğim şu ki: yaşamda başarı ve başarısızlık arasındaki fark doğrudan doğruya yarışta bir adım önde olmakla ilgilidir.

Amerikalı çizer ve yazar Gelett Burgess (1866-1951) şöyle yazmış: "Tüm diğer kadınlar kadının hasmıdır, ama diğer erkekler erkeğin müttefikidir."

Hayatta ve aşkta rekabet, ne yazık ki zaman zaman hesaba katılması gereken bir güçtür. Hayatının erkeğini bulduğunu düşünen ve onunla çıkan yalnız bir kadının, başka kadınlarla da rekabet etmesi gerekecektir.

Balıkçılıkla basit bir kıyaslama

USA Today'in 18 nisan 1997 tarihli sayısında şöyle diyor: "Amerika'da 44 milyon balıkçılık tutkunu milyarlar harcadı... Ulusal Spor Araçları Birliği, 1995 yılında 44,2 milyonluk katılımcıyla balıkçılık sporunu yürüyüş, bisiklet, yüzme ve aletli jimnastikten sonra ülkenin en gözde beşinci aktivitesi olarak ilan etti."

Balıkçılık sporunun bu denli yaygınlaşması yüzünden Amerika'daki göllerin, nehir kenarlarının hevesli ve açgözlü balıkçılarla dolup taşmasını yadırgamamak gerekir.

> Kalabalık Sular: Hırslı, gözü dönmüş yaklaşımların,
> özellikle de en büyük balığı tutma tutkusunun estetik kaygıların
> yerini aldığı zamanlar vardır.
>
> Tom Davis
> The Little Book of Fly-Fishing'in (1997) yazarı

Bugün artık balıkçıların etkin olabilmek için sadece balıkların hakkından gelmesi yetmez, akıllıca davranıp diğer balıkçıların hakkından da gelmesi gerekir. Yoksa balıkçılar günün önemli bir kısmını büyük balığı yakalamak yerine diğer balıkçıların misinalarına dolanıp arapsaçına dönmüş oltalarını çözmeye çalışarak geçirirler.

Balıkçılıkta ve aşk hayatınızda başarıyı yakalamak istiyorsanız kalabalıklarla nasıl başa çıkmak gerektiğini öğrenmek zorundasınız.

Her zaman fethedemezsiniz!

Bir kış mevsiminde Idaho'ya bekârlar için düzenlenen bir kar tatiline gitmiştim. Daha tatilin ilk gecesinde Deanna isimli genç ve çekici bir hanımla tanıştım; birlikte güldük, eğlendik, dans falan edip yakınlaştık.

Ertesi gece birlikte şehre inip eğlenmeye karar verdik. Taksiyle ana caddede ilerlerken barlardan birinde büyük bir ilan gördük: "Bu gece bayanlar güzellik yarışması!" Deanna, "Bu yarışmaya katılmak istiyorum" dedi.

Taksiden indik, bara girdik ve çılgın kalabalığa karıştık. Deanna yarışmaya yazıldı ve ilk elemeyi geçti, finale katılma şansını elde etti.

Final başlamak üzereyken sunucunun, "Ve şimdi bayanlar baylar, finalde jüri üyelerimizin arasına katılacak ünlü aktör Clint Eastwood'u sahneye davet ediyorum!" diyen anonsunu duyduk.

Clint diğer jüri üyelerinin yanına geldiğinde ortalık alkıştan yıkılıyordu. Deanna finale kalan altı yarışmacıdan biriydi. Yarışma bittiğinde sadece beşinci olabilen Deanna düş kırıklığı yaşıyordu.

Sonuçlar açıklandıktan sonra, Deanna ve ben barda kendimize bir yer aramak üzereydik ki Clint Eastwood yanımıza geldi. Deanna'ya baktı ve o kendine özgü erkeksi sesiyle, "Ben tüm tam puanlarımı sana verdim" dedi.

Deanna sevinçle Clint'in boynuna sarıldı ve kocaman bir öpücük verdi.

Ben elimi uzattım ve "Selam Clint. Adım Steve Nakamoto" dedim.

Ağzının içinde "her neyse" falan gibi bir şeyler mırıldandığını duydum. Sohbette sap gibi kaldığımı anlayıp bir süre sonra yanlarından ayrıldım. "Gecenin ilerleyen saatlerinde Deanna'yla tekrar birlikte oluruz nasılsa" dedim kendime. Ama hiç de öyle olmadı. O andan itibaren Clint ve Deanna birbirlerinden hiç ayrılmadılar. Ne de olsa bana tercih edilen Clint Eastwood'du. "Deanna'nın zor bir seçim yapması gerekti" deyip kendimi teselli ettim; Oscarlı yapımcı ve *People Weekly*'nin 2001'in en popüler sinema aktörleri listesinde ikinci sıraya koyduğu Clint mi, Steve Nakamoto mu? Yarı yarıya şansım vardı ama değil mi?

> Kullanacağınız strateji merdivenin kaçıncı
> basamağında olduğunuza göre değişir.
>
> Al Ries ve Jack Trout
> *Pazarlamanın 22 Kuralı* (1993) adlı kitabın yazarları

Bazen beğenseniz de beğenmeseniz de karşı cinsle yarış halinde olmak üstesinden gelmeniz gereken bir konudur. Böyle bir yarışla karşılaştığınızda yarıştan kaçamazsınız, elinizden gelenin en iyisini yaparsınız, ama her zaman başarılı olamayabilirsiniz. Her zaman kazanmayı beklemeyin.

Yarışta iyi yerde olmak

Positioning: The Battle For Your Mind adlı kitaplarında iş danışmanları Al Ries ve Jack Trout ürün pazarlama stratejilerinden söz ederken tüketicinin zihninde en iyi yerde, ön sıralarda olabilmek için yapılması gerekenlerden söz ediyorlar.

Yani siz de erkeğin zihninde ön sıralarda bir pozisyonda olmaya gayret edin. İşte size yardımcı olabilecek önemli ipuçları:

♡ **İlk olun.** Yarış başladığında hemen harekete geçebilecek pozisyonda olun. Bekleyenler, geride kalanlarla idare etmek zorunda kalırlar. Ne istediğinize hemen karar verin ve kalabalıktan sıyrılıp öne geçin.

♡ **Yarışınıza iyi çalışın.** Rakibinizin zayıf noktalarını öğrenip o alanlarda kendinizi güçlendirirseniz savaşı kolayca kazanırsınız. Akıllı olun ve sadece avantajı elinizde bulunduruyorsanız yarışa girin. Eğer durum bu değilse yarışa kalkışmayın.

♡ **Uygun alanınızı bulun.** Bir kategoride en iyi olamıyorsanız bir başka kategori de en iyi olun. Yarışta, daha akıllı, daha bilge, daha iyi, daha güçlü, daha kendine güvenli, daha tutkulu ya da daha iyi bir dinleyici olarak diğerlerini gölgede bırakabilirsiniz. Yetenek savaşlarının sonucu bellidir; en yetenekli olan hep kaza-

Balığa çıkılacak kafadar testi

Balığa çıkacağınız arkadaşlarınız ne kadar iyi?

(Seçeneklerinizi puanlandırın ve skorunuzu belirleyin.)

SPORU SEVİYOR MU?

☆ Fiziksel enerji	Zayıf	Orta	İyi	Çok iyi
☆ Coşkulu/iyimserlik	Zayıf	Orta	İyi	Çok İyi
☆ Eğlenceli/esprili	Zayıf	Orta	İyi	Çok İyi
☆ Erkeklere davranışı	Zayıf	Orta	İyi	Çok İyi
☆ Yeni yerlere gitme arzusu	Zayıf	Orta	İyi	Çok İyi

PAYLAŞIMCI MI?

☆ İlgiyi paylaşır	Zayıf	Orta	İyi	Çok İyi
☆ Beklentileri paylaşır	Zayıf	Orta	İyi	Çok İyi
☆ Sohbeti paylaşır	Zayıf	Orta	İyi	Çok İyi
☆ Değerlerinizi takdir eder	Zayıf	Orta	İyi	Çok İyi
☆ Yokluğunuzda size över	Zayıf	Orta	İyi	Çok İyi

FAZLADAN DOSTLUK PUANI

☆ Ortak ahlaki değerler	Zayıf	Orta	İyi	Çok İyi
☆ Arkanızdan sizi korur	Zayıf	Orta	İyi	Çok İyi
☆ Standartlarınızı yükseltir	Zayıf	Orta	İyi	Çok İyi
☆ İyi yanlarınızı öne çıkarır	Zayıf	Orta	İyi	Çok İyi
☆ Sağduyuludur	Zayıf	Orta	İyi	Çok İyi

Puanlar	Toplam Skor
Çok iyi 4	53-64 Dayanılmaz
İyi 3	40-52 Değerlendirmeye değer
Orta 2	26-39 Herhangi biri
Zayıf 0	0-25 Beş para etmez

Sonuç olarak:

Aşk için avlanmanın tadına varmak için kadın ya da erkek iyi kafadarlar bulun. Eğlenirken sabırlı ve ısrarlı olmak daha kolaydır.

* Bu konuyla ilgili ayrıntı istiyorsanız 196. sayfaya bakın.

nır. Siz oyunu iyi olduğunuz bir alana çekmesini bilin, gerisi gelecektir. Savaşı, yüreğinizin ya da karakterinizin güvendiğiniz alanlarında kazanırsınız.

♡ **Rakiplerinizden üstün gelin.** İkinci derecedeki önemsiz yarışlara girmeyin. Rakiplerinize ezilirken yakalanmayın. Yarışı klas bir şekilde tamamlayamayacaksanız hiç yarışa girmeyin daha iyi. Dürüstlüğü ve saygınlığı elden bırakmayın. Oyunu oynarken sergilediğiniz klas davranışlarınız kültürlü ve olgun balıkların (erkeklerin) dikkatinden kaçmayacak, değerlendirilecektir.

♡ **Saldırılardan korunun.** Dostça olmayan saldırılardan korunmasını ve kendinizi savunmasını öğrenin. Şunu iyi bilin ki, kimileri diğerlerinin başına basarak yükselmeyi tercih ederler. Bunun size yapılmasına izin vermeyin. Başkalarının size saygı duymasını istiyorsanız düşmanca, uygunsuz, ölçüsüz sözel saldırılara dayanıklı olun ve kendinize olan saygınızı yitirtmelerine fırsat vermeyin.

♡ **İyi müttefikler bulun.** Rakiplerinizin silahlarını ellerinden almanın en iyi yolu iyi avcı kafadarlar bulmaktır. Bu ahbaplar yarış sırasında sizi dostça olmayan saldırılardan koruyacak ve destekleyecektir. (128. sayfadaki testi çözüp aşk avına çıkacağınız dostlarınızı değerlendirin.)

Yarışta etkin bir mücadele verebilmek, elinden gelenin en iyisini yapmakla ve kendinizi en yaratıcı ve en üstünlük sağlayıcı şekilde pazarlayabilmekle ilgili bir şeydir.

Unutmayın, sadece bir taneye ihtiyacınız var!

Efsanevi Yunanlı milyarder Aristotle Onassis (1906-1975) şöyle demiş: "İş hayatının sırrı, kimsenin bilmediğini bilmekte yatar."

"Konumunuzu" uygun bir duruma getirmeyi bilmek, şansın sizden yana olma olasılığını etkileyecektir. Tek tük savaşları kaybetseniz de yarışı önde bitirmek için uzun vadede yeteri kadar şans çıkacaktır karşınıza.

> Bizimle güreş tutan sinirlerimizi güçlendirir
> ve becerilerimizi geliştirir. Hasmımız yardımcımızdır.
>
> Edmund Burke
> İngiliz devlet adamı (1729-1797)

"Denizde balık boldur" diye devam eder bu söz, ama aşkta başarılı olabilmek için sizin sadece birine ihtiyacınız vardır.

Yarışmanın hakkını verin, iyi hazırlanın. Böylece aşk hayatınızın önündeki bir engeli kaldıracak ve en önemli işiniz olan iyi bir balık yakalamak için gerekli yaratıcı sosyal enerjinizi açığa çıkaracaksınız.

Sonuç olarak

Erkekler balığa benzer. Doğal olarak büyük balığın talibi çoktur. Bu yarıştaki başarı şansınız mümkün olan en uygun pozisyonu yakalamaktır. Zayıf yanlarınızın üstesinden gelin, ama savaşı güçlü yanlarınızla kazanın.

HİÇBİR ŞEYİ KİŞİSELLEŞTİRMEMEK GEREKTİĞİNİ HATIRLAYIN

*Başkalarının yaptığı
hiçbir şeyin nedeni değilsiniz.
Başkalarının söyledikleri ve yaptıkları
kendi düşlerinin izdüşümleridir.
Başkalarının fikirlerine
ve eylemlerine karşı
bağışıklığınız varsa
gereksiz elemlerin
kurbanı olmazsınız.*

Don Minguel Ruiz
The Four Agreement'ın (1997) yazarı

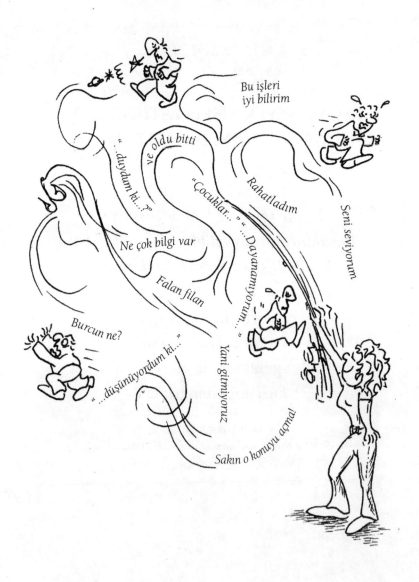

Olta atmak

ERKEKLERİ KÖTÜ YAKLAŞIMLARLA ÜRKÜTÜP KAÇIRMAYIN

Birine nasıl olta atılacağını öğretmek kolay değildir.
Bu sanat uygulamayla kazanılmalıdır.

Charles Orvis
Fishing with a Fly'ın (1883) yazarı

olta atmak: 1. Ucunda yem olan balık oltasını suya fırlatmak. **2.** Hedefteki balığa yönelik iyi planlanmış bir yaklaşım. **3.** İstediğiniz erkekle tanışmak için daha etkin olmak.

Çok satan *Down With Sexist Upbriging* kitabının yazarı ve *Ms.* dergisinin kurucu ortaklarından Letty Cottin Pogrebin şöyle yazmış: "Erkekler kadınların ustalıkla attıkları pasları pas geçmezler."

Kaliteli bir erkeğin size "pas vermesini" istiyorsanız, onlara yaklaşımlarınızda etkili bir stil oluşturun ve fark edilmenizi sağlayın. Kimi kadınlar hemen her türlü sosyal duruma kolaylıkla ve çabucak adapte olabilirler. Fakat kimileri de acemi, yanlış yaklaşımlarıyla erkekleri korkutup kaçırmaya eğilimlidirler.

Unutmayın, büyük bir balık yakalama fırsatı insanın önüne genellikle bir kez çıkar, o yüzden ilk adımınızı iyi atmaya gayret edin.

Balıkçılıkla basit bir kıyaslama

Başlangıç yaklaşımının balıkçılıktaki karşılığı olta atmaktır. İyi olta atmayı öğrenmek, yeminizi balığın konumuna en uygun mesafeye doğru ve onu korkutup kaçırmayacak bir şekilde atmayı öğrenmek demektir.

> Bir konuda yoğunlaşmak ve o konuda bilgi sahibi olmak istedim.
> Sudaki alabalığı korkutmamayı öğrenmek istedim.
>
> Gretchen Legler
> *All the Powerful Invisible Things* (1995) kitabının yazarı

Sheridan Anderson'un yapay sinek olta balıkçılığı rehber kitabı *The*

Curtis Creek Manifesto'suna göre, "Korkan balık yakalanamaz! Balığı en çok korkutan şeylerin başında, titreşim ve etoburlar (siz onları görebiliyorsanız onlar da sizi görebilir) gölgeler, garip hareketler, çıkardığınız tıkırtılar, diğer korkmuş balıklar, özensiz sallanmış bir olta, başka balıkçılar, özensiz avlanma ve bunun gibi birçok şey vardır. Balıkların tümünü korkutmamayı başaramazsınız, ama ne kadar az korkutursanız o kadar çok yakalarsınız."

Balıkçılıkta ve aşk hayatınızda, yakalayacağınız balıklar korkutmadıklarınız olacaktır. Yaklaşımlarınızın doğal, iyi tasarlanmış ve iyi oynanmış olmasına dikkat edin.

Meksika'ya hafta sonu "eğlenceli" deniz gezintisi

Her hafta sonu Los Angeles'tan Meksika Ensenada'ya kalkan M.S Paradise yelkenli gemi gezileri vardır. Üç günlük bu geziler, iyi zaman geçirme ve biraz romantik fırsatlar yakalama olanağı sunar.

Bu gezilerde olaylar çabuk gelişir. İlk gece "Tanışma Gecesi"dir. İkinci gece "Kaptanın Gala Yemeği." Üçüncü gece ise "Veda Partisi". Zamanın bu kadar az olmasına karşın insanlar iyi arkadaşlıklar geliştirebilirler, hatta bazen uzun soluklu aşklar bile doğabilir.

İnsanların bu gezilere rağbet etmesinin ana nedeni, gezinin insanlara yeni insanlar tanımak için çeşitli fırsatlar sunmasıdır.

İnsanlarla tanışmanın en iyi yolu yapmaktan hoşlandığınız şeyleri yapmanızdır. Etkinliklere katılma, yeni insanlar tanımanın
en doğal ve en rahat yoludur.

Steve Bhaerman ve Don McMillan
Friends&Lovers (1996) kitabının yazarları

Gemideki zorunlu yangın tatbikatı, diskoda yapılan dans, gazinoda oynanan oyun, restoranda yenen yemek, şov için önlerde sandalye kapma yarışı, kokteyl saatinde içilen bir tropikal kokteyl, tur otobüsü, havuz kenarında geçen zaman, güvertede oynanan çeşitli oyunlar, güverte gezintisi ya da bekârlar için düzenlenen kaynaşma partisi gibi etkinlikler doğal yollarla yeni insanlarla tanışmanız için olanaklar sunar.

Yararlı olacak ufacık işaretlerle hemen herkes yeni arkadaşlıklar kurarak harika zaman geçirebilir. İşte bu etkinlikler sırasında her an her şey olabilir, romantik bir ilişki bile.

Böylesi hafta sonu gezilerinde insanlara yaklaşma sanatı aslında orada bulunma nedeni eğlenmek olduğu için gardını almamış insanlarla güzel zaman paylaşmaktan ve iyi bir izlenim bırakmaktan başka bir şey değildir.

Aslında yeni insanlarla tanışırken stres yapmamak adına gezilerde takındığımız teklifsiz yaklaşımı günlük normal sosyal yaşamımızda da kolaylıkla uygulayabiliriz.

İyi bir ilk izlenim bırakın

Ünlü bir Amerikan atasözü, "İyi bir ilk izlenim bırakmak için tek bir şansın vardır" der.

Yapılan birçok çalışma, insanların sizin hakkınızda "evet", "hayır" ya da "belki" şeklinde yargıya varmaları için birkaç saniyenin yeterli olduğunu göstermiştir. Bu noktadan yola çıkarak işte size istediğiniz adamın sizin hakkınızdaki kararı ilk çırpıda "hayır" olmasın diye birkaç öğüt:

♡ **Yaklaşılabilir olun.** Bir alan yaratın ve bunun sizi tanımak isteyen erkek için davet edici olmasını sağlayın. Bir insanla tanışmak ve sohbet etmek istediğinizi belirtecek sözel olmayan sinyaller göndermek için elinizden geleni yapın. Yüzünüze yerleştireceğiniz sıcak ve açık bir gülümseme iyi bir başlangıçtır.

♡ **Bilinçaltı uyumla başlayın.** İnsanlar sözel olmayan iletişimlerden farkında olmaksızın bağlantılar kurgulayabilirler. Bu bağlantı sürecine "uyum" adını verebiliriz. Bir iletişim uzmanı olan *Instant Rapport* kitabının yazarı Michael Brooks şöyle yazmış: "İnsanlar kendi dışlarındaki dünyayı öncelikle üç duygularıyla algılar: duymak, görmek ya da hissetmek. İnsanların jestleri, göz hareketleri ve kullandığı dil, size duyumsal öncelikleriyle ilgili kesin ipuçları verir. Ve bu bilgiyle donanmış olursanız ipleri elinize alabilirsiniz. İletişim becerinizi, ister görsel, ister işitsel, isterse de devinimsel olsun ötekine uydurmaya çalışın; göreceksiniz, hemen daha ikna edici, daha etkili ve hatta daha sevimli olacaksınız."

♡ **Buzları yavaşça eritin.** Sohbetinize başlama noktası olarak sivri olmayan kolay konular seçin. En zevkli sohbetler hoş konular hakkında olandır. Risk almayın ve sohbete politika, din, para ve seks gibi hassas konularla başlamayın. Bu tür konular siz karşınızdakini biraz tanıyana kadar bekleyebilir.

♡ **Ona önem verdiğinizi gösterin.** Bir Japon atasözü, "Sıcak bir söz üç kış ayını ısıtır" der. İnsanlar bildiklerininizden daha çok onlara ne kadar önem verdiğinizle ilgilenirler. Onlara verdiğiniz önemi düşünceliliğiniz, iyiliğiniz, içtenliğiniz, saygınız ve sevecenliğinizle gösterin.

♡ **Adını hatırlayın.** *How to Win Friends and Influence People* kitabının yazarı Dale Carnegie şöyle yazıyor: "Adımı hatırlarsan

Endişe uyandıracak konulara
girmemeye çalışın.
Herkesin seyahat ettiği günümüzde
buzları eritecek
en masum giriş sorusu,
"Nerelisiniz?"dir.
Coğrafya en tarafsız konulardan biridir,
ama sohbet olanaklarına gebedir.
Ardından birçok
ikincil soru getirebilir,
size daha önce gittiğiniz yerlerle ilgili
izlenim karşılaştırma olanağı sunar
ve bulunduğunuz yere
nasıl geldiğinizi açıklama yolunu açar.
Bunun da ötesinde
aradaki uyumu
anlamanızı sağlar.

Glen Waggoner ve Peggy Maloney
Esquire Etiquette (1987) kitabının yazarları

bana ince bir övgü yapmış sayılırsın; seni etkilediğimi belli etmiş olursun. İsmimi hatırlaman kendimi önemli hissetmemi sağlar."

İyi bir izlenim bırakmanın en basit, ancak en etkili yollarından biri de tıpkı sıcak bir gülümseme gibi insanların isimlerini hatırlamaktır.

♡ **Sohbet öldürücülerinden sakının.** Bir sohbeti canlı tutmak istiyorsanız şunları yapmayın: eleştirmek, şikâyet etmek, suçlamak, tartışmak, sözünü kesmek, karşı koymak, başkalarının cümlelerini tamamlamak, aşağılamak, kendi fikirlerinde ısrarcı olmak, olumsuz konulara takılıp kalmak. Uzlaşma sağlanacak konular arayın, çatışma değil. Ateşli tartışmalarınızı uygun politik arenalara saklayın.

♡ **Rahatsızlık verici tavırlardan ve söylemlerden sakının.** Bazı sıradan zararsız şeyler erkekleri çileden çıkarabilir. Onaylamadığınızı bildiren göz süzmelerden veya sürekli tekrarladığınız "daha önce gelmiştim, yapmıştım" gibi eskiden söz eden cümlelerden sakının.

♡ **Oynamasına izin verin.** İnsanların kendilerine gülmelerini sağlayabilirseniz onlarla hemen arkadaş olursunuz. Birçok insanın doğal olarak ihtiyatlı olduğunu bilin. İnsanların size karşı oluşturduğu korunma duvarlarını inceltmenin veya kaldırabilmenin eğlenceli bir yöntemini bulabilirseniz karşılıklı keyif verici bir etkileşim yolu açabilirsiniz.

♡ **İltifatlarınızla onu silahsızlandırın.** İrlandalı yazar Oscar Wilde (1854-1900) şöyle yazmış: "Kadınlar iltifatlarla silahlarını bırakmazlar. Erkekler ise her zaman silahsızdırlar. İşte iki cins arasındaki fark budur." Bir erkeği duygusal olarak etkilemenin en iyi yolu doğru zamanda yapılmış zarif bir iltifatla ayaklarını yerden kesmektir. İster karakterinin olumlu yanlarından (dürüstlük, samimiyet, insancıllık) söz edin, ister giyimi konusundaki ince zevkinden (kravatı, gömleği, ceketi) ya da sahip olduklarından (arabaları, koleksiyonları).

♡ **Bir fırsatı kaçırıyor olmaktan korkmasını sağlayın.** Erkekler geri çevrilme korkusunu yaşamaktan nefret ederler. Erkeğe onunla çıkmaya müsait olduğunuzu hissettirin. En iyi müsait oluş yine de sınırlı müsaitliktir. Hiçbir zaman müsait olmazsanız erkek ya başkasıyla birlikte olduğunuzu düşünecek ya da onunla ilgilenmediğinizi varsayacaktır. Her zaman müsait olduğunuzda ise sizde bir kusur olduğunu düşünecektir. En iyi strateji, ortalarda bir yerlerde durmaktır. Bir erkekte reddedilme korkusu değil, bir fırsat kaçırma korkusu yaratın.

Erkekler neden geri aramaz?

İşte kadınların erkekleri bir çırpıda kaçırmalarına örnek olabilecek bir liste. Liste, erkeklerin çıktıkları kadınları nasıl insafsızca yargıladıklarını da gösteriyor. Bu liste kimi aşırı hassas kadınların canını sıkabilir, ama artık can sıkıcı küçük balıklarla uğraşmaktan bıkmış, büyük bir balık peşinde olan kadınlar için iyi bir kaynak oluşturabilir. Eğer erkeği daha önceden kendinize âşık etmediyseniz, aşağıdaki listede yer alan birçok madde onun arkasına bile bakmadan kaçmasına neden olacaktır.

☆ Erkeğe karşı dışa vurulan hiddet ve kızgınlık belirtisi.

☆ Garsonlara karşı kaba davranışlara tanık olması.

☆ Külüstür bir araba kullanmak, dökülen giysiler giymek, köhne ve kötü bir evde oturmak.

☆ Ufacık evi çok sayıda kedi ya da büyük bir köpekle paylaşmak.

☆ Garip bir kahkahaya, acayip bir espri anlayışına sahip olmak ya da gülünmeyecek yerlerde gülmek.

☆ Aşırı derecede duygusal olmak, denetim dışı duygusal tepki göstermek ya da aşırı müdahaleci olmak.

☆ Aşırı derecede inatçı olmak ya da inatla önyargıları dillendirmek.

☆ Garip bir kişiliğe ve pek de övücü olmayan bir lakaba sahip olmak.

☆ Aşırı dedikoducu olmak ya da birlikteliği sağda solda anlatmak.

☆ Abartılı el kol hareketleri ya da aşırı dramatik mimikler yapmak.

☆ Özellikle acı veren ve kıskanç eski sevgililere göndermelerde bulunmak.

☆ Uzun, araya girmeye olanak sağlamayan sıkıcı kişisel öyküler anlatmak.

☆ Kaba bir şekilde yemek, yemek yerken ses çıkarmak ve sofra kurallarına uymamak.

☆ Talep olmadan insanların sözünü kesip öğütler vermek.

☆ Kolayca kırılmak, aşırı münakaşacı olmak veya toplum içinde olay yaratmak.

☆ Fazlasıyla spor meraklısı olmak, aşırı rekabetçi olmak veya çok erkeksi olmak.

☆ Mönüdeki en pahalı şeyleri ısmarlamak (en pahalı şarap, tatlı, ıstakoz gibi).

☆ Sövmek, küfretmek veya toplum içinde erkek gibi kızgınlık gösterisinde bulunmak.

☆ Kötü bir işi olmak ya da uzun zamandır işsiz olmak.

☆ Çok sayıda kredi kartı sahibi olmak veya aşırı derecede alışveriş tutkunu olmak.

☆ İğneleyici, alaycı, küçümseyici veya çok aşırı züppe olmak.

☆ En iyi arkadaşlarıyla ya da ailesiyle çatışmak.

☆ Çok sık aramak ve çok uzun mesajlar bırakmak.

☆ Çok fazla buyurgan olmak ve diğer insanlara ne yapmaları gerektiğini söylemek.

☆ Hiç arkadaşı olmamak; yalnız, umutsuz ve yardıma muhtaç bir izlenim bırakmak.

☆ Çekici olunmayan zamanlardan kalma eski fotoğrafları göstermek.

☆ Böyle bir fikir aklından bile geçmezken ona "Seni seviyorum" demek.

Çaba sarf etmeden başkalarına yaklaşabilmek veya rahatça yaklaşılabilir olmak "olta atmanın" özüdür. Bu, uygulamayla ve geri beslenmeyle gelişecek zor bir beceridir.

Fırsat kapıyı bir kere çalar.

İngiliz atasözü

Oltanızı atmadan önce hatırlamanız gereken şey korkmuş bir balığın (erkek) yakalanmayacağıdır. Oltanızı dikkatlice ve ustaca atın, yemininizin etrafında birçok balığın dolaşacağını göreceksiniz.

Sonuç olarak

Erkekler balığa benzer. En ufak bir negatif titreşimden korkup kaçarlar. Onlarda bırakacağınız ilk izlenimin göze çarpacak kadar iyi olması için neler yapmanız gerektiğini öğrenin.

* Korkup kaçma belirtilerini örneklerle görmek için 197. sayfadaki "Bir bekâr ne zaman ürker?" bölümüne bakın ve 203. sayfadaki "Savunmasız bir erkek nasıl yakalanır?" bölümünden dersler çıkarın.

Gizli engeller

GİZLİ PÜRÜZLERDEN SAKININ

Şu dünyada tek bir balıkçı yoktur ki
ne kadar yetenekli olursa olsun,
gizli bir kaya parçası
ya da kök ya da dallara takılıp
burnu sürtülmüş olmasın.

Judy Muller
"A Woman's Place", *Home Waters:*
A Fly-Fish Anthology'nin (1991) yazarı

gizli engeller: 1. Saklı veya görünmeyen bariyerler; nehir dibindeki kök ya da dallar gibi. 2. Aşkın sizden kaçmasına neden olan olumsuz duygular. 3. Zayıflatan korku ve kendinden şüpheye düşme yanılsamaları, ki insan cesareti ve sevecenliğiyle tamamen ortadan kalkabilir.

Aşk hayatımızda yolumuza çeşitli engeller çıkabilir, gerçek veya hayal ürünü olabilen bu engeller bizimle o çok istediğimiz ve ihtiyacımız olan aşkımızın arasına girebilir.

> Aşksız hayatımız... dümensiz gemi... ruhsuz gövde gibidir.
>
> **Shalom Aleichem**
> Rus asıllı mizah yazarı (1859-1916)

Bunu önlemek için aşkın önündeki engelleri tanımlayıp ya onlardan sakınmalı ya da hayatımızdan tam olarak çıkarmalıyız.

Hepimizin istediği şey, aşka giden engelsiz bir yoldur.

Balıkçılıkla basit bir kıyaslama

Balıkçılıkta, gizli engeller balıkçının oltasını yakalayıp dolanan, suyun altında görünmeyen batık bir ağaç, büyük bir kaya gibi cisimlerdir. *The Complete Guide to Fishing Skills* kitabının yazarı Tony Whieldon şöyle yazmış: "Oltanızın su altındaki engellere takılma riski her zaman vardır. Eğer engelin yerini biliyorsanız oltanızı normalinden daha güçlü olarak geri çekip takıldığı yerden kurtarmaya çalışın, ki iğneniz kurtulsun. Avlandığınız yeri iyi bilmeniz size engellerden kurtulmanız konusunda yardımcı olacaktır. Güneş gözlüğü takın, sudaki göz alıcı parlaklığı engelleyen gözlüğünüz sayesinde suyun altını daha iyi göreceksiniz."

Balıkçılıkta ve aşk hayatınızda, saklı ve su altında kalmış engelleri

UNUTMAYIN,
ELİNİZDEN GELENİN EN İYİSİNİ YAPIN.

*Elinizden gelen en iyi,
durumlara göre hep değişecektir;
Sağlıklıyken farklı,
hastayken farklı olacaktır.
Her durumda sadece elinizden gelenin
en iyisini yapın; böylece
kendinizi yargılamayacak,
suiistimal etmeyecek
ve pişman olmayacaksınız.*

Don Miguel Ruiz
*The Four Agreements'*ın (1997) yazarı

hesaba katın ve bunlardan sakının. Gizli engellerin, cazip yeminizin arzuladığınız hedefe ulaşmasına engel olmasını önleyin.

Aşılamaz aşk engellerinden sakının

Lisedeyken Patty adında bir komşu kızına tutulmuştum. Hemen her akşam bizim evin önüne gelirdi ve Alman kurdunu mahallede birlikte gezdirirdik. Başlangıçta sadece iyi arkadaştık. Ama zamanla el ele tutuşmaya ve öpüşmek için gizli köşeler aramaya başladık. Sorunumuz, Japon kökenli olmam nedeniyle babasının çıkmamıza izin vermemesiydi. Önceleri babasından habersiz dolaşmaya devam ettik, ama zorluklardan yıldık ve baskının ağırlığı sonunda ayrılmamıza neden oldu.

Her engel daha iyiye götürür.

Yunan atasözü

O genç yaşta durumu düzeltmek için yapabileceğimiz bir şey yoktu. Babasının bana onay vermemesi tamamen aşmamız gereken bir engeldi. Ama sadece on altı yaşındaydım ve elimden daha iyisi gelmiyordu.

Bir tavsiye: Bazı engeller vardır ki aşılmamaları çok daha iyidir, bu durumlarda mücadele etmek yerine tamamen kaçınmak en iyisidir örneğin birinin evli olması gibi. Akıllı bir avcı olun. Tüm olanaksız aşk durumlarını fark edin ve sakının. Romantik enerjinizi harcayabileceğiniz çok daha uygun yerler mutlaka vardır.

Duygusal engellerinizi kaldırın

Öte yandan, duygusal bariyerler, sadece sizin zihninizde yer alan ve göz ardı edilmesi değil mutlaka kurtulunması gereken engellerdir. Bu gibi engeller sizi önemli adımlar atmaktan ve düşlerinizdeki aşkı yaşamaktan alıkoyarlar.

Bu engellerden kurtulana dek, aşk bütün kabiliyetlerinize ve becerilerinize rağmen yanınızdan gelip geçer. Aşkı kaçırmamak için hayatınızdan ebediyen çıkarmanız gereken bazı duygusal engeller şöyle sıralanabilir:

♡ **Gizli öfke.** Kızgın avcılar tek bir balık tutamazlar! İşe tüm acı sözleri, kıskançlıkları, kötümserlik kaynaklarını kurutarak başlayın. Yeminiz ne kadar cazip olursa olsun öfke engeli yüzünden büyük balığın takdirini tam olarak kazanamayacaktır.

♡ **Ölçüsüz düş kırıklığı.** Her zaman kazanamayacağımız yaşamın gerçeklerinden biri. Düş kırıklıklarınızın atılımlarınızın gücünü etkilemesine izin vermeyin. Aşkta başarılı olabilmek için, aşk için yapılan her girişimin iyimser ve taze olması gerekir.

♡ **Yenilme korkusu.** *The Aquarian Cospiracy* kitabının yazarı Marilyn Ferguson şöyle yazmış: "Eninde sonunda hepimiz korkunun öbür yüzünün özgürlük olduğunu biliriz." Şansınızı denemekte istekli olun. Gerçek anlamda arzuladığınız şeyi istiyorsanız, çıtanızı yüksek tutmayı unutmayın. Arzularınızın çıtasını yüksek tutarsanız, sonunda razı olacağınız miktarın çok fazladan biraz az olacağını hatırlayın. Bu sonuçları aşk hayatınızda kimi ve neyi seçme özgürlüğünüz adına eşit bir takas olarak kabul edin.

♡ **Reddedilme korkusu.** Eğer biri dostluk kazanma girişimlerinizi "hayır" diyerek geri çeviriyorsa, bu tekrar sormanız için bir işarettir ya bir başka şekilde yöneltin sorunuzu ya da bir başkasına yöneltin. Fırsatları elinizden geldiğince iyi değerlendirin, ama yanıt yeterince yüreklendirici değilse defteri kapatın. Bilin ki, siz onlar için doğru kişi değilseniz onlar da sizin için değildir.

♡ **Cesaret eksikliği.** Bir Filipin atasözü, "Cesaret düşmanı yener" der. Düşmanlarınızı kararlı hamlelerle bertaraf edebilirsiniz. O anda içinde bulunduğunuz ruhsal durumun doğru olduğunu bildiğiniz hamleleri yapmaktan sizi alıkoymasına izin vermeyin. Hiç unutmayın, genellikle en zoru atılması gereken ilk adımdır. Olumlu bir canlılıkla işe başladıktan sonra atılacak adımlar artık çok daha kolay olacaktır.

♡ **Sebat eksikliği.** "Hiçbir şey işe yaramaz" dediğinizde, taşa şekil veren bir yontucuyu düşünün, yüz kez vurur taşa tek bir çatlak bile oluşturamadan. Ancak yüz birinci vuruşta ortadan yarılıverir taş ve bilirsiniz ki onu ikiye ayıran o son vuruş değil ondan önceki tüm vuruşların birleşmesidir.

♡ **İnanç eksikliği.** Fransız doğa bilimci Comete de Buffon (1707-1788) şöyle yazmış: "Hiçbir zaman Tanrı'nın tehirlerini Tanrı'nın reddetmesi olarak değerlendirmeyin. Tutunun, dayanın, teslim olmayın. Sabır dehadır." Sorumluluk eksikliği lafını çok duyarsınız, ama bu korkunun gerisinde genel bir inanç eksikliği vardır. İnanç, sonunda iyi neticelere ulaşan sürekli bir olumlu davranışlar bütünüdür. Yaşamda alacağımız ödüller kimi zaman gecikebilir ya da dolaylı yollardan gelebilir.

Kimi engeller ılımlı biçimlerde karşımıza çıkarsa bizi harekete geçmeye çağırır. Ama "haddinden fazla" ise bu engeller bizi kolaylıkla atabileceğimiz olumlu adımlardan alıkoyarlar.

Engeller sadece yanılsamadır

Your Erroneous Zones ve *The Sky's the Limit* adlı çok satan kitapların yazarı Dr. Wayne Dyer şöyle yazmış: "Mutlu olmamızın önünüzdeki engel, engeller olduğuna dair inancımızdır." Var olduğunu düşündüğümüz engeller ya da bloklar sadece bir yanılsamadır. Eğer gücünüzü toplar, uygun davranışları sergiler, azimle direnirseniz sonunda bu hayali ve duygusal engelleri yaşamınızdan silebilirsiniz.

> Olumsuz duyguları tanımlayarak kavrayabilmek
> onları ortadan kaldırır.
>
> **Vernon Howard**
> *Esoteric Mind Power* (1973) kitabının yazarı

Aşk fırsatlarını değerlendirebilmeniz için, aşk hayatınızı ayağınıza dolanan sualtı bitkilerinden temizlemeniz gerekir.

Sonuç olarak

Hayatınızdaki engeller kişiliğinizin gücü sayesinde ortadan kalkabilir. Korkunun, aşkınızın ve mutluluğunuzun önüne dikilmesine izin vermeyin. Bir zorlukla karşılaştığınızda ona cesaretle ve kararlılıkla karşı koyun.

Ufak balık vuruşları

İLK TEPKİLERİNİZ BİLGECE VE ÖLÇÜLÜ OLSUN

Kadın ya da erkek
eğer iyi bir balıkçı olmak istiyorsa
şu özelliklere sahip olmalıdır:
SABIR, TEDBİR, KARARLILIK.
Sabır, düş kırıklıklarına katlanabilmek;
tedbir, çeşitli mevsimleri gözlemlemek
ve balıkların yer değişimlerini algılayabilmek;
kararlılık, yaz olsun kış olsun,
sıcak olsun soğuk olsun
erken kalkıp sporuna başlamak için gereklidir.

The Angler's Guide (1828)
Eric Restall'ın The Angler's Quotation Book kitabından

ufak balık vuruşları: 1. Balığın oltanın ucundan usulca vurup minik parçalar ısırması. 2. İlişkinin ilk dönemlerinde erkeği yavaş yavaş tanımaya çalışmak. 3. Potansiyel erkek arkadaş adayını değerlendirme dönemi.

Çok eski bir İngiliz atasözü şöyle der: "Geminin büyüklüğüne sahilden bakıp karar vermeyin."

Aşk hayatımızda ilişkimizin gelecekteki boyutunu genellikle ilk izlenimlerimize dayanarak değerlendiririz. İlk izlenimden hoşnut kalırsak, olası ilişkimizle ilgili daha doğru bir karar vermek için, karşımızdaki insana daha yakından bakmaya yatkın oluruz.

Karşıdaki insanı daha iyi tanıma ve olası romantik ilişkinin gelebileceği boyutları değerlendirme sürecine "çıkmak" diyoruz.

Balıkçılıkla basit bir kıyaslama

Balıkçılıkta, balık oltanın ucundaki yemden ufak bir parça koparırsa buna ufak balık vuruşu deriz. Bazı balıklar usulca koparır lokmayı, bazıları daha sıkı asılır, bazılarıysa çabucak kapıp kaçmak eğilimindedir.

Balıkçılar suyun altını ender olarak görebilecek konumda oldukları için en iyisi misinadaki gerilimden, kopan parçanın değerlendirmesini yapmaktır. Eğer avcı misinadaki gerginliği hesaplayamaz, ufak bir gerginliğe aşırı reaksiyon gösterir ya da büyük bir gerginliği zamanında değerlendiremezse balığı kaçırır.

Balıkçılıkta ve aşk hayatınızda erken tepkilerinizi ustaca ölçüp zamanında ve uygun karşılığı verebilirsiniz.

Tipik bir ilk buluşmam

Nora adlı çekici bir kadınla ilk buluşmam Damon's adlı Japon restoranındaydı. Burası deniz kenarında yüksek sesle rock'n roll müzik ça-

Neden artık ilişkilerimin
iyi gitmediğini anladım.
Çünkü genellikle ilk buluşma
restoranlarda gerçekleşiyordu.
Burada kadınlar garip,
kafası karışık davranırlar
ve yemeklerden hoşnut olmazlar.
Erkekler ise para konusunda
huzursuz ve mutsuzdurlar.
Çünkü erkekler
yemeğe para harcamaya geldiğinde
hep kafası karışık ve mutsuz olurlar.

Adair Lara
Welcome to Earth, Mom (1992) kitabının yazarı

lan, sake içilen ve harika taze deniz ürünleri ve suşi yenilen çok hoş bir yerdi.

Ben mönüdeki en ucuz yemek olan teriyaki tavuk ısmarladım, Nora ise mönüdeki en pahalı yemeklerden ızgarada dev deniztarağı ısmarladı.

> Geleneksel kadın erkek dinamikleri eğlencelidir. Kapıların bizim için açılıp tutulmasından, ilk buluşmada yemeğin ısmarlanmasından hoşlanırız. Aksi halde onu ucuz biri olarak değerlendiririz.
>
> Christina Hoff Sommers
> *Esquire* dergisi şubat sayısı 1994

Yemeğin sonunda, Nora'nın deniztaraklarından üçünü bitirmediğini fark ettim. Aslında tarak en sevdiğim şeylerden biridir. Ama bu daha ilk buluşmamız olduğundan artanları isteyip Nora'nın sinirini bozmak istemedim. Daha ilk buluşmada ucuz biri gibi görünmek istemedim yani. Bir de bardağı 7,5 dolardan iki bardak da şarap istedi. Benim ve cüzdanım açısından büyük bir şans eseri yemeğin ardından bir de çilekli cheesecake istemeye kalkmadı.

Birlikte çıkmak, flört etmek insanın karşıdakinin kişiliği, arzuları, yaşam biçimi hakkında ipuçları edinmesini sağlar. Bence Nora, benim birlikte olmaya değip değmeyeceğini ya da cimri olup olmadığımı anlamaya çalışıyordu.

Eğer biri birlikte olmaya değmiyorsa ilişkiyi bir an önce bitirmek gerekir. Cimri olmak ise en iyi yaklaşımla hiç hoş bir özellik değildir. (Nora daha sonra biraz fazla tutumlu olduğumdan şüphelendiğini söyledi!)

Misinanızın ani hareketlerini dikkatle değerlendirin

İlk buluşmalarda "küçük ısırıkları" daha iyi değerlendirebilmeniz için işte size yararlı öneriler:

♡ **Hemen kanmayın.** *Epigrams of Eve* kitabının yazarı Sophia Irene Loeb şöyle yazıyor: "Platonik arkadaşlık, ilk tanışma ile ilk öpücük arasında geçen zamandır." Birlikte çıkmanın ilk aşamalarında bir erkeğin davranışlarına bakıp aldanmak çok kolaydır. Çünkü değerlendirmeye çalıştığınız adam zaman içerisinde önceleri nasıl davranması gerektiği konusunda akıllıca yol kat etmiştir.

♡ **Eğlenceli çıkma deneyimleri yaratın.** Çıkmak, karşınızdaki insanı iyi tanımak içindir. Bu süreci, çıkma deneyiminizi eğlenceli bir hale getirirseniz, çok daha keyifli bir hale sokabilirsiniz.

156

Dışarı çıkmak ve aktif olarak yaşama karışmak çok eğlencelidir. Bu yolla doğal olarak zevkler, değer yargıları, kişilik ve yaşam tarzı ortaya çıkar.

♡ **Bırakın her şey yavaşça gözler önüne serilsin.** 1960'lı yılların ünlü bir şarkısı "Aşk aceleye gelmez" diyordu. Sabırlı olun ve aşkın doğal yollarla gelişmesine izin verin. Daha ilk buluşmanızda tüm yaşam öykünüzü anlatmak zorunda değilsiniz. İlişkinizin geleceği varsa zaten ileride çok zamanınız olacaktır. İlişkileri yavaştan almanın olumlu bir yan etkisi, tutkunun yavaşça gelişmesine de olanak sağlamaktır.

♡ **Erkeğin kalbinin büyüklüğünü ölçün.** Bir İngiliz atasözü, "Erkeğin kalp ölçüsünü alın" der. Erkeğin kalp ölçüsünün iyi olması, sıcaklık, kibarlık, iyilik, sabır, minnettarlık ve sahip olduğu ciddiyetle orantılıdır. Bu nitelikler aniden oluşmaz. Bunlar uzun süreli aşk ilişkilerinde kazanılan duygusal huylardır.

♡ **Kişilik özelliklerini değerlendirirken eleştirel olun.** Kaliteli bir ilişki peşindeyseniz seçtiğiniz erkeğin dürüst olmasına önem verin. Bu öyle bir özelliktir ki kelimelerle maskelenebilir, ama icraatla açığa çıkar. Bir erkeği söyledikleriyle değil yaptıklarıyla değerlendirin. İyi bir aşk ilişkisi güven duygusu üzerine inşa edilmelidir. Yeni bir ilişkide beklentinizin bu doğrultuda olduğunu ona açıkça belirterek zaman kazanın.

♡ **Arkadaşlarını gözlemleyerek onun hakkında fikir sahibi olun.** Bir Japon atasözü, "Bir erkeğin karakterini çözümleyemediyseniz arkadaşlarına bakın" der. Etkileşimin gücünü küçümsemeyin. Erkeğin arkadaşlarının huylarını iyi gözlemleyin. Onların davranışları, çıktığınız erkeğin maskesi düştüğünde ortaya çıkacak davranışlarından çok farklı olmayacaktır.

♡ **Sezgilerinize güvenin.** Psikolog ve köşe yazarı Dr. Joyse Brothers, "Önsezilerinize güvenin. Önseziler, bilinç düzeyimizin hemen altına dosyalanmış olgulara dayanırlar" der. Bir şeylerin yolunda gitmediğini hissediyorsanız, büyük bir olasılıkla haklı olabilirsiniz. Geri çekilin ve zamanın gerçekleri ortaya çıkarmasını bekleyin. Unutmayın, etraf günahsız kadınları aldatmak için sinsice planlar yapmakta ustalaşmış erkeklerle doludur. Duygusal ve fiziksel olarak bağlanmadan önce karşınızdakini iyi tanımaya çalışın. Bu yöntem hem daha kolay hem de akılcıdır.

Çıkma konusunda akıllıca bir yaklaşım takip ederseniz, gerçek anlamda sizi mutlu edecek ve uzun sürecek bir ilişkiye yatkın kaliteli bir erkek bulma amacınızdan uzaklaşmamış olursunuz.

Hayatınızı dengede tutun

Flört etmek kimi zaman mutluluk verici, kimi zaman da kalp kırıcı olabilir. Ama bütün bunların ötesinde de gereklidir. *The Complete Idiot's Guide to Dating*'in yazarı Dr. Judy Kuriansky şöyle diyor: "Flört etmenin bir insanı daha yakından tanımaktan başka bir şey olmadığını bilin." Akıllı flörtler iyi değerlendirmelere gerek duyarlar. İyi dengelenmiş bir yaşam tarzıyla (fiziksel, zihinsel, duygusal, maddi, sosyal, aile, kariyer, hobiler, sorumluluklar ve hedefler) hangi erkeğin ve hangi durumun size daha uygun olduğu, hangilerinin uygun olmadığı konusunda karar verebilmek için daha elverişli bir konumda olursunuz.

> Aşkı paylaştığınız birinin bazı özellikleri size başta çekici gelir ama sonra aynı özellikleri katlanılmaz bulabilirsiniz.
>
> Dr. Harold H. Bloomfield
> *Love Secrets for a Loving Relationship* (1992)
> adlı kitabın yazarı

Ergenlik dönemine denk gelen lise beraberlikleri gibi birisiyle çıkmak bu işin sonu değildir. Olgun bir yetişkin olarak birisiyle çıkmak, tutkulu, romantik, özel, doyurucu ve adanası bir beraberliğe ulaşmak için araçtır. Çoğu, mutlu ve uzun ömürlü bir evlilikle sonuçlanır.

Eğlenceli bir flört süreci hiç şüphesiz birlikteliğin en ilginç ve heyecan verici yanıdır.

Sonuç olarak

Erkekler balığa benzer. Her birinin kendine göre huyu vardır. Farklı duygusal, zihinsel alışkanlıkları, farklı ilişki ve yaşam tarzları olan bu yaratıklar içinde sadece sizinkilere uyan ve birlikte yaşabileceğiniz olanları seçin. Akıllı olun. İpuçlarını iyi değerlendirin ve oltanızın ucundaki işe yaramaz bulduklarınızı silkeleyip atmakta ustalaşın. Hayatınıza sürekli mutluluk yerine sürekli acı getirecek erkeklerle ilişkiye girmekten kaçının.

Oltaya vurmak

OLTA İĞNENİZİ İYİ HAZIRLAYIN

*Deneyimli bir alabalıkla ikinci bir şansınız yoktur.
Altı inçlik bir yerli alabalık yakalayabilirim,
hatta on inçlik bir çiftlik alabalığı da tutabilirim,
ama on iki inç ve üzeri yetişkin,
deneyimli bir alabalık tutabilmek için
mükemmel olmalıyım, ancak nadiren öyleyim.*

Le Anne Schreiber
New York Times spor bölümü eski editörü
Keven Nelson'ın *The Angler's Book of Daily Inspiration*
adlı kitabından

oltaya vurmak: 1. Balıkçının oltasına ani bir darbe. 2. Balığın yemi kapmaya çalıştığı an. 3. Bir erkeğin savunmasız bir şekilde size âşık olmaya başladığı an.

Aşk bir anda çarpabilir. Sorun hiçbir zaman, ne zaman, nerede, kime veya özellikle gerçekte olacak mı bilemeyişinizdedir.

Sevginin Bağladıkları filminde Tom Hanks, karısını kaybettikten sonra yaşamla mücadele eden dul bir babayı canlandırmaktadır.

Kaybettiği karısına olan duyguları sorulduğunda, "Bir araya getirdiğinizde bizim birbirimiz için yaratıldığımız anlamını çıkardığımız milyonlarca minicik şeydi, biliyorum. Bunu ona ilk dokunduğum anda anlamıştım. Evime gelmek gibi bir şeydi. Ama hiç bilmediğim evime. Arabadan çıkmasına yardım etmek için elini tuttuğum an anladım bunu. Büyülü bir şeydi" der.

Erkek âşık olduğunda birden o özel kadına duyumsadığı büyünün ve aşkın gücünü ayırt edilebildiği olağandışı bir an yaşar. Bu an yaşanmadan erkek yaşadığı duyguyla ilgili olarak huzursuz ve kararsızdır. Ama bu büyülü romantik anda duygusal olarak kadına bağlanır.

Aşkın uzun süreli olması için akıllı bir kadın bu ender rastlanan büyülü anları beslemeli ve yararlanmaya çalışmalıdır.

Balıkçılıkla basit bir kıyaslama

Balıkçılıkta çarpma, balığın balıkçının oltasının ucundan yeme vurmasıdır. Balığın açısından bakıldığında bu genellikle ani ve kararlı bir eylemdir.

Striper: A Story of Fish and Man adlı kitabın yazarı John M. Cole şöyle yazmış: "Çarpma, balığın balıkçıya sunduğu bir armağandır ve bunu her zaman büyük bir zarafetle yapar. Balığı görmüş olsa da, olası tehdit balığın kendisi tarafından yaratılmış olsa da, karşılaşma bir tokat gibi iner balıkçının kasıklarına, titretir bacaklarını. Pat!"

Bir balık güçlü bir şekilde oltaya çarpmak üzereyken balıkçı durumdan yararlanmalı, balığın yemi yutmasına yetecek ve kancanın keskin tarafının ağzına tam girmesine olanak sağlayacak kadar beklemelidir. Balık herhangi bir sebeple yemi bırakırsa biraz beklemek gerekir, büyük bir ihtimalle tekrar vuracaktır, bulduğu yemden kolay kolay vazgeçmez.

Boyun eğmeyen direngen bekleyişin bir final anı vardır,
olta balıkçılığında bu an balık var veya yok demektir.

Sparse Grey Hackle
Fishless Days, Angling Nights (1971) kitabının yazarı

Olta kancasını iyi ayarlamak, yakalanma sırasında balığın oltadan düşmesini önler. Birçok balık iyi takılmamış gevşek iğneler nedeniyle oltadan kurtulup kaybolabilir.

Balıkçılıkta ve aşk hayatınızda, kancayı iyi yerleştirdiğinizden emin olun ki kıymetli balığınız elinizden kaçmasın.

Çapa atmak denilen bir yöntem

Yıllarca nero linguistik programlama veya NLP adı verilen ve terapi tekniği kullanan bir kişisel gelişim programına katıldım. NLP hafif bir trans hipnozu kullanmayı içerir ve bu yöntemle kişinin bilinçaltına yeniden yön verilerek korkuları ortadan kaldırılır ve başarılı olması sağlanır. NLP araçlarından birine demir atmak denir. Bu, beyinde kasten uyarıcı yanıt modelleri yaratmak için kullanılan bir yöntemdir.

Ünlü Madison Avenue lüks mağazası, reklamlarında benzer bir çapa atma tekniğine milyonlarca dolar yatırdı. Örneğin karizmatik bir sosyal ikon olan Tiger Woods'u Nike marka bir giysiyle yeni bir Buick araba kullanırken görürseniz, beyniniz Tiger Woods'a yönelik olumlu duygular ile onun kullandığı ürünler arasında bir bağlantı kuracaktır. Tiger Woods'tan sahip olduğu ürünlere yönelen olumlu duygular, insanların bu ürünleri almasına neden olur.

Çapa atmak, gördüğümüz, duyduğumuz, okuduğumuz, dokunduğumuz veya kokladığımız bir şey gibi bir uyarıcıyla hemen güçlü duygularla bir bağlantı kurma yoludur.

Bir erkek gözleriyle âşık olur, bir kadın düş gücüyle;
sonra da karşılıklı olarak bunun "kalp" işi olduğunu söylerler.

Helen Rowland
A Guide to Men (1922) kitabının yazarı

Aşk aniden çarpabilir.
Kadın, erkeği,
korunmasız olduğunda
ve kendini en dişil
hissettiğinde yakalar.
Ama erkek savunmadaysa,
kadın da kötü durumdaysa
korkutup hemen elinden kaçırabilir.
Akıllı kadın, erkeği
elinden kaçırma sinyali aldığı anda
yemi ısırttırıp
kaçmasına olanak vermeden
oltayı çekmesini bilendir.
Bu akıllı kadın
aşkla vurulduğunda
erkeğin her şeyi yapabileceğini bilendir.

Aşk hayatınızda güçlü duygu çapasını atarak, size özgü olumlu bir şeyi takın olta iğnenize. Örneğin, gülümsemeniz, adınız, sesiniz, kokunuz, dokunuşunuz, teniniz, saçınız, öpüşünüz, gülüşünüz, sızlanışlarınız, kartlarınız, resimleriniz, mektuplarınız gibi.

Aşk oltanızın iğnesini iyi hazırlayın

Çapa atmanızda veya olta iğnenizi hazırlamanızda yardımcı olabilmek için işte size dikkate almanız gereken önemli ipuçları:

♡ **Duygusal açlıklarını keşfedin.** Göz alıcı yeminizi görmesini sağlayın veya kıpır kıpır dişi cazibenizle bir erkeğin en doymak bilmeyen duygusal alanına girin. Burası, erkeğin en savunmasızca size teslim olacağı alandır. Açlık çektiği alanları bulup çabucak ve zarifçe doyurun onu. Mutluluğunun ve doyumunun sürekli kaynağı olun. (Bu konuda daha faydalı ayrıntı için 202. sayfaya gidin ve Yedi Duygusal Açlığı keşfedin)

♡ **En doğru zamanlama için sabırla bekleyin.** Çok erken davranırsanız erkeği korkutabilirsiniz. Çok fazla beklerseniz büyülü an kaçabilir. Duyguların yükseldiği anı yakalayın, zirveye dayandığında en cesur hamlenizi yapın.

♡ **Radikal adımlar atmaktan korkmayın.** *The Casting Call* kitabının yazarı Dave Shiflett şöyle diyor: "Balığın sahte sineği ısırdığı an, bizim sandviç niyetine bir lokma ısırdığımız şeyin plastik çıkmasını anladığımız anki gibi bir şeydir. Hemen tükürür atar. Hareket etmemiz gereken an, ısırma anı ve fark etme anı arasındaki zaman dilimidir." Erkeğe zokayı yutturmadan önce ona ardından gelecek olası acıyı yenir yutulur kılması için bol miktarda saf haz sunun. İğnenizi fark ederse oltaya çarpmayacaktır.

♡ **Göze hitap edin.** *Playboy* ve *Penthouse* dergilerinin ticari başarısına bakarak erkeklerin görselliğe ne kadar önem verdiklerini anlamak mümkün. Giyinişiniz, giysileriniz, kendinize gösterdiğiniz itina, gövdeniz ve salınışlarınız erkeğin zihninde bir video görüntüsü oluşturur. Videonuzun defalarca seyredilmeye değer nitelikte olduğundan emin olun.

♡ **Kulağa hitap edin.** İşitsel duyular en önemli duyu kaynaklarından ikincisidir. Doğru sesi bulmak demek, en hoşa gidecek düzeyi, perdeyi ve ritmi yakalamanızdır: Erkeğin kulağını okşamazsanız tıpkı kötü bir ezgi duyduğunda radyoyu kapattığı gibi sizin defterinizi de kapatacaktır. Sesinizin ayarının ve tonunun kulağa hoş geldiğinden emin olun.

♡ **Dokunmasını bilin.** Çok az şey bir sevgilinin dokunuşu kadar duyguları geçirebilir. İster öpüşmek, ister el ele tutuşmak, ister saçlarını okşamak olsun dokunmak doğru yerde, kararında ve duyarlı bir adama doğru zamanda yapıldığında sihirli etkiler yaratabilir.

♡ **Doğru kelimeleri kullanın.** Amerikalı gazeteci, Marya Mannes şöyle yazmış: "Büyük âşıklar, düşüncelerini rahat ifade edebilenlerdir ve sözel başarı baştan çıkarmada en emin yoldur." Tüm iletişim esaslarını iyi kullanmak istiyorsanız, iyi seçilmiş, duygusal kıpırtılar yaratacak kelimelerle konuşup yazmayı ihmal etmeyin.

♡ **Yönteminizi gözden geçirin.** Klasik yöntemle balığınızı yakalayamadıysanız, oltanızı su içinde sürükleyerek balık tutmaya çalışın. Cazibenizle erkeğin aklını başından alın ki bir fırsat kaçırıyor olmaktan korksun ve yeminizi tüm gücüyle ısırsın. ("Erkeğin aklını başından almak" bölümü için 166. sayfaya bakın)

Bu fikirlerden yararlanarak, bir erkeğin ruhuna ve kalbine giden yolda başarılı olmak için kendi incelikli kişisel stratejilerinizi oluşturun.

Büyünün işine çok karışmayın

Terapistler kullandıkları metotlarla davranışlardan yola çıkarak insanın iç yüzünü kavrarlar. Ama bu noktada dikkatli olmak gerekir, çünkü bu yöntemin yanlış kullanımı geri tepebilir.

Birkaç yıl önce, Meksika Cancun'da Club Med tatil köyüne gitmiştim; burada yeni edindiğim NLP çapalama tekniklerini, hiçbir şeyden habersiz bazı bayan tatilciler üzerinde deneme fırsatım oldu. Bu tekniklerin kullanımı konusunda çok usta olmadığım için, sadece iki şey elde ettim: 1. İnsanlar benim tuhaf biri olduğumu düşündüler 2. Yaşayabileceğim olası bir romantik ilişkiden kendimi mahrum ettim.

İnsan sadece elinden gelenin en iyisini yapmakla yetinmemeli, en iyisini yaparken ulaşmak istediği hedefe de bağlı kalmalı, ondan uzaklaşmamalıdır.

Janwillen Van De Wetering
The Empty Mirror (1999) adlı kitabın yazarı

Kritik bir kavşakta iletişim stilinizdeki ufak bir değişiklik, birini kendinize âşık etmek ya da edememek arasındaki farkın belirleyicisi olabilir. Çapa atma tekniklerini kurallarına uygun olarak dikkatli ve ustalıkla kullanın. Ancak bunları ihtiyatla ve tam anlamıyla doğallıkla yapabileceğinizden emin olduğunuzda uygulayın.

Erkeğin aklını başından almak

Yeminizi ısırmayan bir erkekle karşılaştığınızda, uzman balıkçıların önerilerine kulak verin: Yemli olta yönteminden, oltayı suda sürükleyerek ve yemin cazibesine balığı çağırarak balık tutmak yöntemine geçin. Bu yöntemin sırrı, suyun içinde dolaştırdığınız yemin çekiciliğiyle balığın dikkatini çekip onda yemi elden kaçırma korkusu yaratarak oltaya gelmesini sağlamaktır. Yeminizi daha dikkat çekici kılmak ve balığın sıkıca ısırmasını sağlamak için işte dikkate alınması gereken ipuçları:

AKLI BAŞTAN ALACAK GÖSTERMELİK YEM: Erkeğin dikkatini çeken ve büyüleyen şey, kendiliğinden ve güç sarf etmeden oluşan beş kadın tipinin doğal bir karışımıdır: oyun arkadaşı, patron, anne, dost ve ermiş.

OYUN ARKADAŞI: Yemin en göz alıcı parlak yanına "oyun arkadaşı" denir. İçinde hem oyunu hem de arkadaşı barındır. Oyun yüzünde gençlik coşkusu, neşe, iyimserlik, eğlence, sürpriz, kahkaha ve masumiyet vardır. Arkadaş yüzü ise tutkulu bir kadının seksi yanıdır. Bu alanda sıklıkla yapılan hata, oyun arkadaşı taraflarından birinin görüntüsünün diğerine baskın çıkması ve oyun arkadaşının ihmal edilmesidir.

PATRON: Erkeğin saygısını kazanmak, yetkinliğinizi ve yönetim becerinizi sergilemektir. Bu buyurgan ve emredici biri olmanız anlamında değildir. Daha çok lider vasıflarınızla diğerlerine esin kaynağı olacağınız, sorumluluk üstlenebileceğiniz ve işlerin üstesinden gelebileceğiniz anlamını taşır. Dişi bir patron, acil duygusal durumlarda ortalama bir erkekten daha fazla sorumluluk alabilecek olandır.

ANNE: Bir erkeği her zaman anlayan ve sonuna kadar suçsuzluğuna inanan kişi annesidir. Bu erkeğe annelik yapmak veya baskı altına almak anlamı taşımaz. Bu olumsuz hükümlerde bulunmamak ve erkeği çoğunlukla akılsızca, dikkatsizce, olgun olmayan, uygun olmayan şeyler yapan ya da söyleyen masum biri olarak görmektir (tabii bir dereceye kadar).

DOST: Kadının bu yanı, erkeğinin yanında olan ve onunla yaşam yolunda yürümekten hoşlanan yanıdır. En ideal dost; neşeli, dinç, coşkulu, oyuncu, tazeleyici bir hoşluğu olan, sürprizlerle dolu ve erkeğinin en büyük hayranı olandır.

ERMİŞ: Bir ermiş kesinlikle neyin iyi neyin kötü, neyin tehlikeli neyin güvenli, kimin kötü kimin iyi olduğunu bilen ve gösterendir. Ermiş yanınız genellikle bütün erkeklerin hayatlarında yokluğunu hissettikleri manevi omurgadır.

İLERİYE GİTMEK: Kadının balık tutmak için hazırladığı yem hep ileriye doğru gitmelidir, sanki daha iyi yerlere gitmek üzere yolu adamınkinden geçiyormuş gibi. Eğer erkek onu gerçekten isterse onun peşinden gitmelidir ve bunu yapmazsa onu sonsuza kadar kaybedeceğini bilmelidir.

DEĞİŞKEN HIZ: Kadın, hayatta erkeğe harekete geçmesini hatırlatacak kadar hızla, ama kimi zaman erkeğin yemi ısırmasına olanak sağlayacak kadar da yavaş gitmelidir. Kaybetme korkusu insan psikolojisinde en önemli güçlerden biridir. Yaşamda ileriye gidebilmek için bundan yararlanmasını bilin ve erkeğin sunduğunuz dişil armağanların tadına varabilmesi ve hayatındaki boşluğunuzu acıyla fark edebilmesini kaybetme korkusuyla algılamasını sağlayın.

Sonuç Olarak: Erkeğin gözünü kamaştırıp aklını başından alın. Yönteminizin gücü karşısında korkularını aşsın. Bunu doğru bir şekilde yaparsanız, erkek ona neyin vurduğunu anlamayacaktır.

Ender büyülü romantik fırsatlar oluştuğunda, oltanızın iğnesini iyi hazırlayın. Bu sizin istediğiniz erkeğin ruhuna ve kalbine geçit bulmanızdaki büyük şansınız olacaktır.

Bir erkek duygusal ve fiziksel olarak (bu sıra ile) oltaya geldiğinde olta çubuğu makarası üzerine ipi sarıp onu çekmeniz, bağlılık ve evlilik ağına onu atmanız kolaylaşacaktır.

Sonuç olarak

Sadece zokayı yutması gerektiği şekliyle yutmuş bir erkeği avlayabilirsiniz. Aşk oltasının iğnesini gerektiği gibi hazırlamak, sezgi, cesaret, çok iyi çalışan bir duyarlılık, esneklik, atılganlık, iyi bir zamanlama ve kusursuz bir zarafet ister.

Karaya çekme

BALIĞI KEPÇENİZE ATIN

*Leğene girene kadar
balık balık değildir.*

İrlanda atasözü

karaya çekme: 1. Oltaya takılmış balığı sudan çıkarıp file kepçeye atma süreci. 2. Erkeğin belirsizlik dolu tekil hayattan, adanmış tarafları olan güvenli bir hayata çekilmesi. 3. Erkeği elde etmenin en çok hüner isteyen bölümü.

Bazı heyecan verici, harika romantik ilişkiler uzun süreli bir ilişkiye ya da evliliğe bir adım kala gizemli bir şekilde sona erebilir. Örneğin geçen yaz sinema yıldızı Renee Zellweger ve sevgilisi müzisyen Kenny Chesney dört aylık evliliklerine noktayı koydular. 3 ekim 2005 tarihli *People Magazine* dergisi olayı kapaktan şöyle duyurdu: "Renee ile Kenny ayrıldılar. Sorun neydi?" Sadece 128 gün ve Amerikan Virgin Adaları'nın güzelim sahilinde yapılan görünüşte mükemmel bir düğünden sonra, ünlü çiftin evliliği Zellweger'in mahkemeye başvurmasıyla aniden sona erdi. Çiftin yakın arkadaşlarından biri, "Yeniyetmeler gibi kavga ediyorlardı. Kimsenin bir suçu olduğunu sanmıyorum" dedi.

> Venüs âşıklarla, hiçbir zaman doyuma ulaşmayan
> hayal oyunlarıyla eğlenir.
>
> **Lucretius**
> Romalı felsefeci ve şair (İÖ 96-55)

Romantizm yeni bir ilişkinin en güzel bölümüdür. Ama gerçek aşk zamanın sınavını geçmeli ve zorluklara dayanmalıdır. Heyecan verici bir romantizm döneminden sonra, aşk artık kendine duygusal/ruhsal bağlılığa giden güvenli bir yol bulmalıdır.

Romantizm kesin bir duygusal bağlılığa teslim oluş anına kadar aşk demek değildir. Balığı sudan çıkarmak, balıkçılığın en meydan okuyucu ve ilgi çekici bölümüdür.

The Complete Idiot's Guide to Fishing kitabının yazarı Mike Toth şöyle diyor: "Balığı sudan çıkarmanın çeşitli yolları vardır. Nedense bu süreçte birçok balık suya geri düşer, çünkü balık sudan çıkmak istemez. Yorgun, bitkin bir balık bile gözle görünür bir enerjiyle balıkçının elinden kurtulup kaçmak ister. Üstelik o anda kısa olta ipi, heyecanlı bir balıkçı, sallanan bir bot gibi başka faktörlerin de devreye girebileceği düşünülürse balığın kaçmayı başarmasına şaşırmamak gerekir."

> Balık avlama sürecinin sonu oltaya balığın gelmesi değil
> yakalanmasıdır.
>
> Thomas Fuller
> İngiliz yazar (1608-1661)

Balıkçılıkta da, aşk hayatınızda da oltayı nasıl çıkaracağınızı, balığı kepçenize nasıl atacağınızı öğrenmeniz gerekir. En iyi avlar bile zamanın meydan okuyuşu ve güçlükler karşısında elden kaçabilir.

Kısa ömürlü uzun mesafe romantizmi

Cancun'daki Club Med tatil köyünde Bill diye bir adam ve Jane diye bir kadın vardı, burada tanışıp birbirlerine âşık olmuşlardı.

Birlikte geçirdikleri hafta boyunca hayatlarının en güzel anlarını yaşadılar: ılık tropikal denizde birlikte yüzdüler, diskoda dans ettiler, şehirde alışveriş turlarına katıldılar, günbatımında baş başa kokteyllerini yudumladılar, sahilde el ele dolaştılar.

Onları bir hafta süren tatilin sonunda Cancun Havaalanı'nda gözlerinde yaşlarla vedalaşırken hatırlarım. Jane üç çocuğu ve eşiyle yaşadığı evine dönüyordu, Bill ise büyük şehirde onu bekleyen bekâr hayatına.

Sonunda olaylar şöyle gelişti: Jane ve Bill bir kez daha gizlice buluştular. Jane Bill'le birlikte olabilmek için eşini terk etmeyi düşündü. Bill aniden kendini üç çocuklu bir aile reisi olarak bulma konusunda tedirgindi. Jane kocasından ayrıldı. Ama birkaç ay sonra, Bill acı içinde Jane'i terk etti. Jane, hayal kırıklığına uğramış perişan bir halde kalakaldı.

> Aşk birbirinin gözlerinin içine bakmak değil,
> birlikte aynı yere bakmaktır.
>
> Antoine De Saint-Exupery
> Fransız yazar (1900-1944)

Son tahlilde Jane Bill'i avlamıştı. Ama onu uzun vadeli ilişki anlamını taşıyan file kepçesine atamamıştı. Balığı kancaya takmanın "aşk için avlanma" uğraşında işin en eğlenceli tarafı olduğunu inkâr etmenin bir anlamı yok. Ama romantizmi karaya çıkarmadıkça, yani ileri götürüp uzun vadeli bir ilişkiye çeviremedikçe karşılıklı bir etkileşim, kısa vadeli bir ilişki olarak kalacaktır.

"Dünyada çok az kur yapma yöntemi vardır.
Kur yapmak;
diğerinin gözünde iyi bir yer edinmek,
ondan öte diğerinin sizi mutlu etmesine
izin vermek, en iyi koşullara
sahip olduğunuzu düşünmek,
sürprizli karşılaşmalara açık olmak ve
kendini şanslı bulup iyi hissetmek demektir."

Vernon Lee "In Praise of Courtshi"
(Hortus Vitae) (1904)

Kıymetli avınızı kepçenize yerleştirin

Henry Beard ve Roy McKie *An Angler's Dictionary* adlı kitaplarında "kepçe "kelimesini; "metal ya da tahtadan yapılmış yuvarlak bir çerçeveyle tutturulan, ağdan yapılmış içine yakalanan balığın koyulup sudan çıkarıldığı saplı file çanta" olarak tanımlıyorlar.

İşte size rekabet dolu sosyal sulardan romantik ilişkinizi çekip çıkarmak ve bağlılık filesine (nişan veya evliliğe taşıyan kuşku duyulmayan bir duygusal rahatlık) atabilmenize yardımcı olacak, incelemenizde yarar olan bazı ipuçları.

♡ **Akıntı faktörü.** Akıntı iki farklı şekilde etkili olabilir. Birincisinde, sizden yanadır ve avlanma sürecini çok kolaylaştırabilir. Bu durumda romantik ilişkinizde zorlanmazsınız. İkincisinde ise, akıntı size karşıdır ve avlanma süreci son derece çetin geçebilir. Bu seçenekte sabır ve esneklik, güçlüklere karşı koymanızı ve direnmenizi sağlayacaktır. Akıntı size karşı çalışıyorsa bol miktarda hüsran, öfke, düş kırıklığı, acı ve tasaya bilgece hazırlıklı olun.

♡ **Gerginliğin olta ipinizi koparmasına izin vermeyin.** Tıpkı aşırı gerginliğin olta ipini koparması gibi, ilişki de aşırı gerginlikten dolayı kopabilir. Unutmayın, biri standartlarınızı ihlal ederse bozgun yaşanır. İlişkinizin ilerlemesini istiyorsanız, karşınızdakini anlamayı ve kabul edip takdir etmeyi karşılıklı olarak öğrenmelisiniz. Çözüm üretmek yerine sorunların üzerine gitmek aşka evet ya da hayır demek arasındaki fark gibidir. Olumsuz kanaatleriniz uzlaşmaz farklıklılara dönüştüğünde aşk biter.

♡ **Balığı eğlendirin.** İlişkide eğlenmek oynamak anlamındadır, bu da birçok şeyi içerebilir; almak ve vermek, karşılıklı muzipleşmek, yoğunlaşmak ve durulmak, dinginlik ve coşku, tabii aynı zamanda birliktelik ve özgürlük. Bir erkek yapısındaki heyecan ve korkularının tam anlamıyla paylaşıldığını bilmeden sizinle uzun süreli bir ilişkiye girip istikrarlı bir yaşama geçmeye hazırlıklı değildir. Oltanızın ipini onun kendisini de eğlendirmesine olanak verecek şekilde ayarlayın. Yoksa size karşı sonuna kadar direnecek ve mücadele edecektir.

♡ **Mükemmel bir seks beklentisi doğurun.** Seks vaadiniz olsun ya da olmasın, iyi, ilham verici bir seksüel deneyim belirtisi sezinlediği anlar bir erkeğin kadının arkasından koşmasına yetecek motivasyonu içerir. Ama bu noktada çok dikkatli olmak gerekir. İlişkinin başında yaşanan hoş olmayan, uyumsuz bir seks, gelecekle ilgili planlarınızın sonu olabilir. Öte yandan harika bir cinsel yaşam imgesinin belirmesi, erkeğin geçit vermez duygusal dağlarını ortadan kaldırabilir.

*İyi bir kadın
erkeği etkiler.
Zeki kadın
ilgisini çeker.*
**Güzel kadın
büyüler.**
*Anlayışlı kadın
elde eder.*

Helen Rowland
A Guide to Men (1992) kitabının yazarı

♡ **Başını döndürüp makaraya sarın onu.** Gerektiği kadar eğlendirip oyaladıktan sonra artık onu makarayla çekmeye gelmiştir sıra. Gerekli sürenin uzunluğu, sizin yaşadığınız deneyime göre değişebilir. Ama flört eden bir çift olarak keşfedilecek bir şey kalmadığında artık sıra daha ileri bir ilişki safhasına geldi demektir. Bazen en mükemmel flörtler bile bu noktaya ulaşamayabilir. Neticede akıllı bir kadın bir erkeği makarayla çekmek ya da salıvermek zamanı geldiğinde doğru kararı verecektir.

♡ **Ağ kepçede rahatlatın onu.** Mother Teresa, "Mutluluk, ruh avlayabileceğiniz bir sevgi ağıdır" demiş. Erkeğin son dakika kaçıp kurtulma, özgürlüğe atlama çırpınışlarına karşı direnmek zorunda kalabilirsiniz. Bunu sakince ve güven telkin ederek yapabilirsiniz, ısrarla baskı kurarak değil. Mutlu sonu kabullenmesini, mutluluk, doyum, içtenlik, neşe, rahat, uyum ve en önemlisi huzur vaat eden bir yarın çizerek kolaylaştırabilirsiniz.

Bu ipuçlarından yola çıkarak kendinize özgü bir eylem planı geliştirebilir ve en seçici, en zor ve en seçkin erkeği bile elde tutmak için harika bir şans yaratabilirsiniz.

Karşı konulmaz bir aşk yarını yaratın

XVI. yüzyıl İngiliz oyun yazarı William Shakespeare, "Alabalık eğlendirerek yakalanmalıdır" demiş.

Aynı kapsamda, bir erkek dışarıdan güç uygulanarak yakalanmaz; içsel bir duygusal iknayla yakalanır.

Kimi çok etkileyici, büyüleyici ve onurlu erkeğin yakalanması çok güçtür; bunun, geçmişte yapılan hatalar, daha iyi bir kısmetin bir yerlerde onu beklediği inancı veya ilişkilerin (başarılı evlilikler) zaman içinde daha kötüye değil daha iyiye gideceğine dair inancını kaybetmek gibi nedenleri olabilir.

Bu oyuncu yaratıkları yakalayabilen kadınlar: 1. Erkeklerin balığa benzedikleri felsefesini tam olarak kavrayanlar. 2. Direngen bir sabır ve durdurulamaz bir ısrar gösterenler. 3. Uygun zamanlarda gözü pek duyarlı davrananlar. 4. Aydın bir tavırla erkeği temelsiz korkularından arındırarak yaşanmaya değer güvenli bir birlikteliğe çekebilenlerdir.

Bu kitap boyunca söylendiği gibi, sevdiğiniz erkeği elde etmenin en büyük sırrı, şans değil hazırlıktır. Erkekler seks diye yaygara koparsalar da olgun erkeğin arzuladığı ve ihtiyaç duyduğu aslında aşktır. Bunu anlayan kadınlar istedikleri erkeği hem yakalayıp hem de ellerinde tutabilirler.

Sonuç olarak

Erkekler balığa benzer. Bir erkek hangi sözel vaatlerde bulunursa bulunsun duygusal ağa güvenli bir şekilde yerleştirilmedikçe yakalanmış sayılmaz. Erkeğinizle oyunu sonuna kadar oynayın ve son hamlede sıkı bir karşı duruşa hazırlıklı olun. Tıpkı alabalık gibi erkekler de içsel bir duygusal ikna yöntemiyle yakalanırlar, dış güçle değil.

Yakala ve bırak

ROMANTİZMİ ÖLDÜRMEYİN

*Avlanınca direnen bir balık
bir kez yakalanmak için fazla iyidir.*

Lee Wulff
Trout on a Fly (1990) kitabının yazarı

yakala ve bırak: 1. Yapay sinek olta balıkçılığında sık kullanılan bir yöntem; buna göre balıkçı zarar görmemiş balığı tutar tutmaz özgür bırakır. 2. Erkeğe belirli aralıklarla duygusal olarak kendini canlı tutması ve arzuladığı kadının arkasından gitmesi için tanınan olanak. 3. Romantizmi canlı tutmak için gerekli sır.

Çok eski bir Fransız atasözü, "Aşk vaktin geçmesine, vakit ise aşkın geçmesine neden olur" der. Hepimiz heyecanlı, doyurucu ve uzun soluklu bir aşk isteriz. Ama günümüz karmaşık dünyasında bu ideal birleşimi bulmak çok zordur.

Hep âşık olarak kalmanın sırrı
her an aşk yapmayı öğrenmektir.
Prof. Dr. Barbara DeAngelis
Real Moments for Lovers (1995) kitabının yazarı

Hayatımızda aşkı gerçekten istiyorsak, romantizmin heyecanını ararken ve bundan zevk alırken aşkın büyümesi ve uzun süreli olması için gerekeni yapmalıyız.

Düzensiz çiçekçi müşterilerim

On yıl kadar aileme ait olan bir çiçekçi dükkânında çalıştım. Müşterilerimizin çoğu, özel bir kadınla flört eden ya da onu tavlamaya çalışan erkeklerdi. Bu adamlar düzenli olarak haftada bir gelirler ve bir düzine uzun saplı kırmızı gül alırlardı kız arkadaşlarına. Zaman içinde bu çiftlerden bazılarından düğün çiçeği siparişi aldığımız oldu. Ama düğünden sonra bu romantik erkekler nedense dükkâna artık hiç uğramazlardı. Onları tekrar görmek için Sevgililer Günü'nü beklemek gerekirdi, tabii eğer başları belaya girsin istemiyorlarsa. Eğer dükkâna yeniden düzenli olarak gelmeye başlarlarsa bu ya boşandıkları ya da ayrı yaşadıkları, ama yeniden birisiyle flört ettikleri anlamı taşırdı. Aşkın ilişki süresince solup gidişini kanıtlayan üzücü, ama çoğu zaman doğru bir göstergeydi bu.

> Bir erkeğin hep tek bir kadını sevmesinin mümkün olmayacağını söylemek, bir kemancının aynı parçayı çalmak için birkaç kemana ihtiyacı olduğunu söylemek kadar saçmadır.
>
> Honore de Balzac
> Fransız yazar (1799-1850)

Heyecanını yitirmemiş ve sürekli büyüyen bir aşk günümüzde birçok insan için istisnadır, tipik bir model değil. Bu yüzden de gizemli olarak kalır.

Balıkçılıkla basit bir kıyaslama

Balıkçılıkta sıklıkla kullanılan bir terim vardır: "Yakala ve bırak." Bunun anlamı, balığın ağzından kancayı çıkarmak ve özgürlüğe doğru salıvermektir. Bazen sert bir mücadeleden sonra ele geçirebilmek için balığa eski gücünü kazandırmak, canlandırmak gerekir.

USA Today'in 17 nisan 1999 sayısına göre; "yakala ve bırak" balık avlamaya devam etmek demektir... Yeni yapılan bir araştırmaya göre yakala ve bırak yapan balıkçıların yüzde 58'i bu tekniği gelecek kuşaklar avlanacak balık bulabilsin diye uyguluyorlar."

The Curtis Creek Manifesto kitabının yazarı Sheridan Anderson şöyle yazıyor: "Salıvermek: Balık yüzüp gidene kadar hafifçe tutun. Sudan çıkarırken onu incitmeyin. Yakala ve bırak tekniği, sporun kalitesinin sigortasıdır." Dikkatlice yakalanıp bırakılmış bir balık, tekrar yakalanmak için hazır bir balıktır.

Balıkçılıkta ve aşk hayatınızda "yakala ve bırak" tekniğinin ruhu, değerli hazinenizi gelecek için canlı ve taze tutma sanatıdır.

Birini seviyorsanız onu serbest bırakın

Hayat boyu sürecek bir romantizm istiyorsanız, kıymetli mallarınıza yaptığınız gibi erkeği kilit altında tutmayın. İlişkinizde sağlıklı bir özgürlük yakalayın ve erkeğin aşkınızın peşinden sürekli koşmasını sağlayın.

Romantizmin ölmüş bir duygusal sonla bitmesini istemiyorsanız, işte size aşkınızı canlı ve sağlıklı tutacak bazı fikirler:

♡ **Çekiciliğinizi yitirmeyin.** Erkeklerin uzaklaşma nedenlerinden biri eşlerinin çekiciliğini kaybetmesidir. Bu basit gerçeği göz ardı etmeyin.

ABD boşanma istatistikleri

(Kaynak: Ulusal Sağlık İstatistikleri Merkezi)

Boşanma günümüz âdetlerinden en kasvetlisidir.

Kanuni süreç öncesinde ve sonrasında insanları köklerinden, önemli ilişkilerinden ve kendilerinin bir bölümünden söküp atan ateşten bir gömlektir.

Gerçekten ona benzeyen hiçbir şey yoktur.
Belki sadece savaş hariç.

Susan Gordon
Lonely in America kitabının yazarı

☆ Geçerli boşanmış yetişkin yüzdesi (2002)	10
☆ Boşanmayla neticelenmiş ilk evlilik yüzdesi (1997)	50
☆ Boşanmayla biten yeniden evlenmeler (1997)	60
☆ Boşanmanın ortalama tutarı (1997)	15 000 $
☆ Evliliğin ortalama süresi (1997)	7,2 yıl
☆ Boşanmanın ortalama ne kadar sürdüğü (1997)	1 yıl
☆ Tek başına bir evde yaşayan yetişkin yüzdesi (1997)	26
☆ 25 - 34 yaş arası hiç evlenmemiş yetişkinlerin yüzdesi (1997)	35
☆ Evlenmemiş ev sahipleri yüzdesi (2000)	48
☆ Yalnız yaşayan yaşlı dullar yüzdesi (1998)	70
☆ 1998'de erkekler için ilk evlenme yaşı ortalaması	26,7
☆ 1998'de kadınlar için ilk evlenme yaş ortalaması	25
☆ 1998'de erkekler için boşanma yaş ortalaması	35,6
☆ 1998'de kadınlar için boşanma yaş ortalaması	33,2
☆ İkinci evliliklerinden boşanan erkeklerin yaş ortalaması	42
☆ İkinci evliliklerinden boşanan kadınların yaş ortalaması	39
☆ Ekonomik problemler nedeniyle boşanma yüzdesi (1997)	4,2
☆ Uzlaşmaz farklılıklar nedeniyle boşanma yüzdesi (1997)	8
☆ Boşanmadan sonra yaşam standardı düşen kadın yüzdesi (2000)	45

Sonuç olarak:
İşi şansa bırakırsanız, sizin aşk hayatınız da bir istatistiksel rakam olmaktan öteye gitmez. Plan yaparken hata yapmak ile hata yapmak için plan yapmak aynı şeydir.

♡ **Eşinizin annesi rolünü üstlenmeyin.** Sevdiğiniz birine karşı anaç duygular beslemeniz doğal bir şey, ama bir erkeği azarlamak ve paylamak, tutkuyu öldürmenin en kestirme yoludur. Annesi rolünü oynamaktan vazgeçtiğiniz ölçüde ondan bir kadın muamelesi göreceksiniz ve o kendisini bir erkek gibi hissedecek.

♡ **Aşk ilişkinizde özgürlük alanları bırakın.** Bir İngiliz atasözü, "Aşırı samimiyet saygısızlık doğurur" der. Kişisel kimliğiniz, kişisel ilgi alanlarınız ve kişisel dostluklarınız için kendinize nefes alabileceğiniz bir alan ayırın. Aşk ortağınızla bağlantınız sürerken, başkalarına benzemeyen kişiliğinizin özgünlüğünü beslemeyi öğrenin.

♡ **Hiçbir zaman güvenini sarsmayın.** Bir İsveç atasözü, "Bir anda kırılanı yıllar sürse onaramazsın" der. Bir ilişkide özensiz davranıp size duyulan güveni sarsmayın. Güven bir kez yitirildi mi hiçbir zaman eski bozulmamış halini alamaz. Aşkınızın, güven çizgisini aşmadan yaşamasını sağlayın.

♡ **Bozgunlarınızı dizginleyin.** Başkalarının söylediklerine ve yaptıklarına karşı davranışlarınızın tam anlamıyla sorumluluğunu üstlenin. Bir erkek sizi, sizin onun anlamanızla ve takdir etmenizle doğru orantılı olarak bağrına basacaktır. Başkalarının acı veren ama istemeden kasıtsız yaptığı şeyler sizi altüst etmesin. (203. sayfadaki "Balıkçılar İçin Öfke Yöntemi" bölümüne bakın.)

♡ **Bağışlayarak onarın.** Geçmişi onarmanın tek yolu bağışlamaktır. Bir Fransız atasözü, "Anlamak affetmektir" der. Biri kasıtsız olarak akılsızca ve kötü bir şey yaparsa ilişkiyi kurtarmak için yapabileceğiniz tek şey anlayışlı olmak ve bağışlamayı seçmektir.

♡ **Gelişim için yeni kanallar yaratın ve geliştirin.** Tıpkı genç bir bitki gibi bir aşk ilişkisi de serpilir ya da solar gider. Bunun ortası yoktur. İlişkinizi canlı tutun ve yaşamın mucizelerini bulmak ve keyif almak için yeni yollar deneyin.

♡ **Yaşadığınız anın kıymetini bilin!** Yaşamınızda elinizde sadece anılarınızın kaldığı bir an gelebilir. Aşkı bağışlanmış bir şey olarak algılamayın. Minnettarlığınızı yaşarken kıymetini bilerek gösterin. Takdir etmek için kaybetmeyi beklemeyin.

Romantizmi canlı tutmak kolay bir iş değildir. Bu tavsiyeleri uygulayarak ve ilişkinizi beslemeye gayret ederek, çıkabilecek sorunların daha doğmadan üstesinden gelebilirsiniz.

Erkeğin kovalamasına olanak tanımayı unutmayın

Eski bir deyiş vardır: "Erkek otobüsü yakaladıktan sonra koşmayı bırakır." Erkeğin romantizmini kaybetmemesi için ufak bir doz kuşkunun gerekli olduğunu akıllı bir kadın bilir ve otobüsünün ardından koşturur onu. Erkek duygusal olarak kovalamaya ve elde etmeye koşulludur. Elinden bu temel içgüdüsünü almayın. Eğer alırsanız ya romantik açıdan onu öldürürsünüz ya da başka bir kadının peşine düşer.

Kovalamak ve baştan çıkarmak cinselliğin özüdür.

Camile Paglia
Sex, Art and American Culture (1992) kitabının yazarı

Sonuç olarak

Erkekler balığa benzer. Onları yakalar ve kafeslerseniz, kalplerindeki oyunu öldürürsünüz. Ama onları serbest bırakıp duygu ve tutkularıyla taze kalmalarını sağlarsanız, canlanırlar ve içgüdüsel olarak arzuladıkları aşk kovalamacasına devam etmek için kendilerini dinamik ve özgür hissederler.

Büyük balık

YOLCULUĞUNUZUN TADINI ÇIKARIN

Büyük bir balık avladığımda
ve onu istediğim şekilde karaya çıkardığımda
ya da gerçekten zorlandığım bir avsa
yakaladığım işte kendimi o zaman
büyük bir ödül almış sayarım.

Jenifer Smith
Paul Bunyan: My Wooly Bugger Chukling Machine kitabının yazarı
Kevin Nelson'ın *The Angler's Book of Daily Inspiration* kitabından

büyük balık: 1. Balık avından dönüşte eve gururla götürülmeye değer balık. 2. Hayatınıza büyük, sürekli ve güvenli mutluluk katan erkek. 3. Her kadının düşlediği ve ihtiyaç duyduğu aşk.

1998 VH1 müzik kanalının kamuoyu yoklamasına göre, tüm zamanların en büyük müzik grubu The Beatles'ın son şarkılarından "The End"in final sözleri:

Ve sonunda...
Yakaladığın aşk
Eşit olacaktır
Yaptığın aşka

Akıllı bir kadın hiçbir zaman aşk hayatını tam olarak şansa bırakmaz. Bunun yerine fiziksel, zihinsel ve duygusal hazırlık yolunda bilgece ilerlemeyi yeğler.

Aşkın yolunun hayatınızdan geçmesi için son bir kontrol listesi; hiç aklınızdan çıkarmamanız gerekenler:

♡ Yeni ve olumlu bir tavırla başlayın işe.

♡ Fiziksel yeteneklerinizi en üst düzeye çıkarın.

♡ Daha yürekli ve güçlü karakterli olmaya çalışın.

♡ Olayları lehinize çevirin.

♡ Dürüst ve eksiksiz bir geri beslenme arayışında olun.

♡ Eylemleriniz kusursuz olsun.

♡ Duygusal olarak dengede olun ve vazgeçmeyi reddedin.

Doğal olarak bazı kadınlar şöyle bir şey söylemeye yatkın olabilirler: "Erkekler dert sahibi olmaya değmezler. Onlarsız da mutlu olabilirim. Neden şimdi durduğum yerde rahatımı bozup bir dolu sıkıntıya gireyim?"

Ne de olsa, ünlü Amerikalı feminist (ki 2000 yılında evlenmiştir) ve yazar Gloria Steinem bir keresinde şöyle demiştir: "Erkeği olmayan bir kadın bisikleti olmayan bir balığa benzer."

Benim vereceğim en iyi yanıt, aşka hazırlığın sadece bir erkeği tavlamak için olmadığıdır. Aşka hazırlık, daha çok insanları tanımayı öğrenmek ve yaşamın sunduğu maceralara tam anlamıyla katılmakla ilgili bir şeydir.

189

Hiç bitmeyecek aşk yolculuğunuzun tadını çıkarın

Bu kitabın final mesajı:

> **Aşk bir yolculuktur, bir hedef değil.**
> **Her şeyden çok, yolculuğun keyfini çıkarın.**

İstediğiniz aşkı elde etmek sadece kekin üzerindeki kremadır. Sevgi sunarak sevgiye layık olan özel insan çok daha büyük ve kalıcıdır.

Sevgi kaybolmaz. Eğer karşılıklı değilse geriye akar
ve yüreği yumuşatır arıtır.
Washington Irving
Amerikalı deneme yazarı (1783-1859)

Yaşamınızın sonuna geldiğinizde, eski fotoğraf koleksiyonunuzdan ve aşk mektuplarınızdan daha kıymetli hazineleriniz de olacaktır. Ölümsüz bir yürek ve gerçek sevgi dolu bir insanın gözlerindeki parıltı... "Öbür tarafa götüremezsin" diye yaygın bir deyiş vardır. Malın mülkün sonsuz da olsa onu öbür tarafa götüremeyeceğin kadar doğru bir saptama olamaz. Ancak yanında götürebileceğin tek şey vardır, o da aşk.

Aşktır büyük balık

Amerikalı yazar Elbert G. Hubbard (1856-1915) şöyle yazmış: "Verdiğimiz sevgi elimizde tuttuğumuz tek sevgidir."

Balık için balık avlamaktan farklı olarak elimizde az miktarda "büyük balık" vardır. Bunlardan biri aşktır. Aşk ölümsüz bir hazinedir, hangi nedenle olursa olsun elden kaçırmamak gerekir.

Bir insan yaşam yolunda ilerlerken karşısına çıkan aşkı ıskalama özrüne sahip olamaz. Ancak korkunun ve kendine olan güvensizliğin yarattığı bir yanılsama olabilir bu. Bu kitabın, bu yıkıcı yanılsamaların tam anlamıyla yaşamınızı terk etmesini sağlamak açısından yararlı olduğunu umuyorum.

Bir zamanlar sevdiğimiz bir şeyi asla yitirmeyiz.
Derin bir şekilde sevdiğimiz her şey bizim bir parçamız olur!
Helen Keller (1880-1968)
Amerikalı pedagog

BÜYÜK KISMET TESTİ

Aşağıdaki soruların hepsine
yanıtınız evetse
o erkek sizin için büyük balıktır:

1) İyi hissediyorum
2) Benim yararıma
3) Onun yararına
4) Çok işe yarıyor
5) Cennette gibiyim

Şimdi artık büyük bir balık yakalamak ve onu eve gururla getirebilmek için gereken her şeyi biliyorsunuz. Bu kitapta sunduğum gibi aşk yolunda uzmanlaşmaya devam ederseniz, sizi reddedilemez, karşı konulamaz olmaktan alıkoyacak ve haklı olarak layık olduğunuz mutluluğu elde etmenizi önleyecek hiçbir şey olmayacaktır. Lütfen gidin ve aşkın başınıza gelmesine izin verin; şimdi! Biz, balıklar amaçsızca sağda solda yüzüp durmaktan yorulduk. Bizim doğal alınyazımız, sizin gerçek aşkınızla yakalanmaktır.

İyi şanslar; Tanrı sizi bağışlasın.

Balıklar (erkekler) için gizemli öğütler

Erkekler bir başına iyi yaşayamazlar. İnsan gibi bile yaşayamazlar. Mobilyalı ayılar gibi yaşarlar.

Rita Rudner, Amerikalı komedyen

Erkekler Balığa Benzer öncelikle kadınlar için yazılmıştır, ama bu kitaptaki birçok fikri erkeklerin uygulaması da yararlı olacaktır. İşte erkekler için aşk hayatlarını çarpıcı olarak geliştirmelerine yarayacak kimi ipuçları:

BÜYÜK BALIK OLUN: Kendini geliştirmek için uygulanması gerekenler erkekler için de geçerlidir. Akıllı bir erkek, bir kadının tam anlamıyla arzuladığı biri olmak için elinden geleni yapar. Bu da bir erkeğin de taze bir başlangıç yapması, yeteneklerini geliştirmesi, bu oyunda mükemmelleşmesi, yüreğini daha çok ortaya koyması ve klas sahibi olması gerektiğini öğrenmesidir. Akıllı ve duyarlı bir kadının standartlarının altında kaldığınız için fırlatılıp atılmayı göze almayın.

SU ÜZERİNE ÇIKIN: Akıllı bir erkek, doğru kadın için doğru yerde, doğru zamanda hep müsait olmalıdır. Erkek eğer keşfedilmek ve takdir edilmek istiyorsa, yakalanmak için uygun pozisyonda tutmalıdır kendini. Suyun dibinde (diğer tembel balıklarla birlikte) belirsizliğin güvencesinde kalarak yaşlanıp tembelleşmeyin.

ETRAFA SU SIÇRATIN: Beklenen bir kadınla karşı karşıya geldiğinizde çarpıcı, dikkat çekici, güçlü bir şeyler yapıp dikkatini üzerinize toplayın, ki sizin harekete geçmekten korkmayan bir yapınız olduğunu anlasın. Kadınlar oynanacak birçok oyunu olan büyük balıklardan hoşlanırlar. Eğer durum uygun olursa onlara nasıl biri olduğunuzu bir örnekle gösterin.

ISIRMAKTAN KORKMAYIN: Erkek, tam aradığı özelliklere sahip bir kadının yemiyle karşılaştığında, çekinmeksizin fırsat ayağına gelmişken davranmalıdır. Duyarlı bir kadın, bulunduğu yere doğru hamle yapmakta çekingenlik gösterip korkan bir erkekten bıkar. Diğer balıkların yeminizi çalmasına izin vermeyin. Yemi kontrol edin ve hoşunuza giderse kocaman bir ısırık alın.

OLTASINI SİZE YÖNELTMESİNİ SAĞLAYIN: Yemi ısırmaya karar verdiğinizde onu tutkuyla ve romantizmle heyecanlandırdığınızdan emin olun. Akıllı bir erkek hiç kaybetmez ve oyununu duygusal bir korkusuzlukla oynar. Aşk, yaşamın dolu dolu yaşandığının bir göstergesi olmalıdır. Onu heyecanlandıracak şeyler yapın. Romantik anlamda soğuk davranarak kadını düş kırıklığına uğratmayın.

DUYGUSAL OLARAK ÖLMEYİN: Aşk tarafından yakalandıysanız artık duygusal anlamda tazelenmek sizin sorumluluk alanınızdadır. Canlı, tutkulu, eğlenceli ve romantik olmaya devam edin. Boşalmış pillerinizi sık sık doldurun. Hayatınızdaki kadına müteşekkir olun. Eğer siz canlılığınızı korursanız aşk da koruyacaktır.

ŞİMDİ ACIKIN!: Fransız ahlakçı, Jean de La Bruyere (1645-1696) şöyle söyleyerek tüm erkekleri uyarmıştır: "Bekâr hayatı; iyi bir kahvaltı, sıradan bir öğle yemeği, acınacak, berbat bir akşam yemeğidir." Aşkı size bağışlanmış bir şey sanmayın. Arzuladığınız ile elde edebileceğiniz arasında uçurumlar olabilir. Kendinizi kapamayın ve çok geç olmadan birinin sizi sevmesine olanak tanıyın. Kimse yorgun ve yaşlı bir balık yakalamak istemez.

Kadınlara bir not: Siz erkeği daha iyi anladıkça o kıymetini bildiğinizi anlayacaktır ve bundan siz kârlı çıkacaksınızdır.

Yem testi üzerine notlar

Erkekler romantik duygularla âşık olurlar,
kadınlar duyarlı ve mantıklı bir şekilde.

Nancy Chodorow, sosyolog
Men: Quotations About Men By Woman
(1993) kitabının yazarı

"Yem testi" kitap yayımlandıktan sonra edindiğim deneyimlerimden yararlanarak oluşturuldu. Okuyucuya nicel anlamda ekstra bir açı kazandırmak amacını güdüyor. İşte testi uygularken göz önünde bulundurulması gereken bazı gözlemler.

BİR ŞEYDE HARİKA OLUN: Bu testte kendinize verebileceğiniz en yüksek not "çok iyi"dir. Ama "harika" diye bir not daha vardır ki bu erkeği bir çırpıda etkiler. Ancak çok az insan yetenek konusunda "harika" olabilir, ama birçok insan cesaret, karakter ve oyun konusunda kendini "harika" hale getirebilir. Rekabetin çok keskin olduğu alanlarda erkekler kadınların "harika" olanlarıyla ilgilenirler.

HİÇBİR ŞEYDE ZAYIF OLMAYIN: Öte yandan erkekler kategorilerden hangisinde olursa olsun tek bir "zayıf" notunuz olmasından bile negatif yönde etkilenebilirler. Aşk oyunu, güçlü yanlarınızı ortaya koymanız ve güçsüz yanlarınızla başa çıkmayı bilmeniz prensibiyle kazanılır. Apaçık ortada olan zayıf yanlarınızı özellikle ilk başlarda törpüleyin. (Örneğin, küçük bir doz çekimserlik bile balığı kaçırmaya yeterlidir.)

YETENEK VE OYUN DOĞAL OLARAK ÖNCE GELİR: Testteki sırada bir öncelik olup olmadığına dair sorularla karşılaştım. Bunun cevabı evet olacaktır. İlk izlenim her zaman çok önemlidir. Daha sonra göze çarpan özellikler, yetenek (görünüm) ve oyun (kişilik) olacaktır. İlk intibaının iyi olması ve her şeyin böyle başlaması için tek bir şansınız vardır, o yüzden gayretli olun. Cesaret ve karakter zaman içinde çok daha fazla önem kazanacaktır, ama doğası itibariyle zaman odaklıdır.

KADINSI KARTLARINIZI ÇIKARIN: Ünlü radyo programı sunucusu ve psikolog Dr. Toni Grant, erkeklerin kadınların en çok dişiliklerinden etkilendiklerini söylüyor. Yani bir erkeği, bir arkadaş ya da iş ortağı olarak değil de bir âşık olarak etkilemek istiyorsanız, dişi çekiciliğinizi gözlerinin önüne zekice sermelisiniz. Doğanız itibariyle biraz erkeksi bir yapınız varsa, bunu güçlü ve sessiz bir kadın imajıyla yansıtıp lehinize çevirebilirsiniz.

ERKEĞİN GÖZÜNE HOŞ GÖRÜNÜN: Erkekleri âşık olarak etkilemek için kadınların değil erkeklerin gözüne hoş görünün. Kadın arkadaşlarınız sizi elinizden geleni yaptığınızı söyleyerek yanlış yönlendirebilirler. Akıllı kadınlar, çekiciliklerinin gücünü erkeğin verdiği tepkileri ölçerek anlarlar.

YEMİ TAKİP DÜĞMEYİ KAPATMAYIN: Her zaman çekici olmaya dikkat edin. Olumsuz düşünmeyin. Sporda koçlar genellikle rövanş maçlarında, "Gidin ve onlara burada neden bulunduğunuzu gösterin" derler. Fiziksel çekiciliğinizi, coşkunuzu, cazibenizi, ideallerinizi, oyunculuğunuzu, sabrınızı ve duyarlılığınızı koruyun. Sürekli gelişerek ve göstererek, sözünüzü tuttuğunuzu belli edin.

Büyük balık testiyle ilgili birkaç not

İşte size büyük balık testiyle ilgili yarar sağlayacağını düşündüğüm bazı ekstra bilgiler:

GÖZE ÇARPAN ZAYIF NOKTALARA DİKKAT EDİN: Bu test hayatınızda olan özel erkekle ilişkinizdeki zayıf noktaları ortaya koyacaktır. Herhangi bir alanda aldığınız düşük notlarla hemen ilgilenmelisiniz. Hiç kimse ve hiçbir durum tam anlamıyla mükemmel olamayacağından, kendinize, "Ben olsaydım bu kusurları hoş görür müydüm?" sorusunu sorun. Eğer düşünüz gerçek aşksa bu zayıf noktalara müsamaha edilebilinir mi?

"MÜKEMMEL" KAVRAMININ GÜCÜNÜ ANLAYIN: Testi hazırlarken bilinçli olarak "çok iyi"den sonra gelmesi gereken "mükemmel" kategorisini kaldırdım. Bunu yaptım, çünkü yetenek ve oyunculuk alanlarındaki mükemmel özellikler, kadının erkeğin yaşamsal önem taşıyan duygusal ve karakter zayıflıklarını göz ardı etmesine neden olabilir. Öte yandan erkeğin kalbiyle ve karakteriyle ilgili mükemmel özellikler daha çok önem kazanmalıdır. Yani sizden oyunculukta ve yetenekte çok yüksek notlar alan bir erkeğe biraz şüpheyle, ama kalp ve karakter konusunda mükemmel notlar almış erkeklere biraz daha takdirle yaklaşın.

KENDİNİ BEĞENMİŞ BİR ERKEĞİ KENDİNE GÜVENEN BİRİ SANMAYIN: Kendini beğenmiş bir erkek, diğerlerini aşağılar ve kendini diğerlerinden üstün hissetmek için balıkçıyı kullanır. Kendine güvenen bir erkek ise başkalarını ve kendini iyi değerlendirendir. Biri yapıcı, diğeri yıkıcıdır. Birbirlerine yüzeysel olarak benzer gibi görünebilirler, ama aslına bakarsanız, derinde birbirlerinden çok farklıdırlar. Kendine gerçekten güvenen erkeklerin peşinden gidin, çünkü kendini beğenmişler sonunda size sırtlarını döneceklerdir.

ERKEĞİN ALIŞKANLIKLARINA ODAKLANIN: Tıpkı iyi bir sihirbazın dikkati başka bir noktaya odaklayıp izleyiciyi yanıltması gibi, erkekler de genelde kısa vadede gerçek kimliklerini saklayıp olduklarından farklı görünebilirler. Bir erkeğin söyledikleri ile yaptıkları birbirinden çok farklı olabilir. Alışkanlıklar karakter hakkında bilgi sahibi olmamızı sağlayacak en iyi göstergelerdir.

ERKEKLERİ OĞLANLARDAN AYIRMAYI BİLİN: En iyi notları "oyun" kategorisinden toplayan erkekler genellikle en toy olanlardır. Bunu anlamak kadınlar için özellikle çetrefillidir, çünkü ancak olgun erkekler ilk romantizm anlarının yerini mahremiyetin sıcaklığı, rahatlık ve aileye bırakmasının güzelliğini takdir edebilirler. Bitmek tükenmek bilmeyen romantik veya cinsel doruk oyunları arayışında olan toy erkeklere dikkat edin. Kalbinizi, oğlan çocuğundan erkekliğe geçişini tamamlamış olgun erkeklere saklayın.

GÜVENİLİR İKİNCİ BİR FİKRE DANIŞIN: İlave görüş açıları için güvendiğiniz bir akrabanıza ya da bir dostunuza sizin durumunuzu ölçmek için bu testi uygulamasını sağlayın. Onlar size, ilişkinizle ve sizinle ilgili olumlu ve olumsuz açılardan ışık tutabilirler. Onlardan olabildiğince tarafsız değerlendirmeler isteyin, bu sizin yararınıza olacaktır.

DOĞRU OLANI YAPIN: Eğer içinde bulunduğunuz ilişki size çok fazla iyi geliyorsa yanlış olma olasılığı var mıdır? Bunun yanıtı evettir. Duyguları ve gerçekleri ayrı ayrı tartın, çünkü bunları karıştırmak çok olasıdır, sadece şu dört durum bir aradaysa harekete geçmeniz en doğru yoldur: 1) Sizin için iyi 2) Diğer kişi için iyi 3) Yapılacak doğru şey bu 4) Böyle olması hoşunuza gidiyor. Akıllıca değerlendirmelerde bulunun ve hata yapmayın.

Sonuç olarak: Aldığınız kararlar aşktaki kaderinizi belirler. Akıllıca değerlendirmeler yapın ve unutmayın, bu tek kişilik bir şeydir.

Online flörte giriş

Kadınları cezbederseniz erkekler de izler.

Cindy Hennessy
Match.com İnternet sitesinin başkanı

Flört oyunundaki son çılgınlığa siber flört veya internet flörtü deniyor. Online çöpçatan siteleri çoğalıyor, ama sonunda gerçek aşkı bulup bulamama konusunda yeni iddiaları da beraberinde getiriyor. İşte bu hareketli alanda işinize yarayabileceğini düşündüğüm bazı gözlemlerim:

GÖRMEDEN BİR ŞEY ALMAK GİBİDİR: Bilgisayar ekranından size seslenen kelimelere kanmayın. Gerçek insan etkileşimi yüz yüze, gözlerle ve kulaklarla yapılır. Bilgisayarınızın esiri haline gelmeyin. Dijital bilgi alışverişi tek başına akla yatkın bir intiba oluşturamaz. İnternet yoluyla flörtü bir giriş olarak değerlendirin. Bir an önce telefonda konuşmak, buluşmak ve yüz yüze görüşmek için olanak yaratmaya bakın. Karşılaşmadığınız insanlarla duygusal bir bağlılık yaratmayın.

İNSANLAR KENDİLERİNİ YANLIŞ TANITIRLAR: Bir bilgisayar ekranının ardına saklanmış insan çok güzel, başarılı, bekâr yani tam anlamıyla harika görünebilir. Ama gerçek, anlatılandan çok farklı olabilir. Eski fotoğraflardan ve abartılı anlatılardan şüphelenin. Dürüst olmasını talep edin, ama yine de sonuna kadar tedbiri elden bırakmayın. Siz de buraya koymak için iyi bir fotoğrafınızı bulun ve sizin için bir başkasının tanıtım yazmasını isteyin. Bedava değil ücret ödeyerek üye olunan çöpçatan sitelerinden birini kullanmaya dikkat edin. Böylelikle evli ya da yaşınıza uymayan adaylarla karşılaşmayacağınızdan emin olabilirsiniz.

SİBER FLÖRT ÇOK ZAMAN ALIR: Bir çöpçatan sitesine başvurduğunuzda, ilanınızın çıktığı gün, sanki aniden çok ilginç biri haline gelivermişsiniz gibi birçok yanıt almak gurur verici bir şey olabilir. Ama gerçekte internet yoluyla flört bulmak için birçoğu işe yaramaz saçma sapan mektupları cevaplamaya çalışmak inanılmaz vaktinizi alabilir. Bu nedenle tam olarak ne istediğinizi iyice belirtin, yoksa tatsız bir angaryaya dönüşme riski vardır.

FLÖRT ETMENİN TERS BİR YOLUDUR: Siber flört, insanları sanki iş görüşmesi yapar gibi sınıflandırmaya dayanır. Sınıflandırmayı sağlayabilmek için ardı ardına sorular sormak, romantik bir ilişkiye başlamak için doğal bir yöntem değildir. İnternetten kısa bir tanışma sağlamak için uygun bir yol olarak yararlanın. Sonrasında yüz yüze tanışıp birbirinizi yavaşça tanımaya ve hoşlanıp hoşlanmayacağınızı anlamaya çalışın.

HERKES GARDINI ALMIŞTIR VE İYİ Kİ DE BÖYLEDİR: İnternet yoluyla flört etmek kolaydır ve gerçekleri kontrol edebilmenin bir yolu yoktur. Yapılması gereken en akıllıca şey, dikkatli bir yol izlemek ve bu ortamlarda masum kadınları kandırmak konusunda uzmanlaşmış birçok sinsi erkeğin olduğunu akıldan çıkarmamaktır. Bu konularda duygularınıza güvenin, şüpheniz varsa büyük ihtimalle haklısınızdır.

BİRÇOK İNSAN DENER, ÇOK AZI KALIR: İnternet yoluyla ilişki kurmak yorucu ve sıkıcı olabileceği için birçok kişi bu yola başvuracak, ama hemen sıkılıp bırakacaktır. Dolayısıyla bu programlarda yeni olanları arayın. Bunların acayip, isteksiz ve umutsuz olma olasılıkları daha düşüktür. Bu sitelerde uzun bir geçmişi olanlardan uzak durun.

Sonuç olarak: İnternete akılcı bir şekilde yaklaşın. Birçok yeni insan tanımanızı sağlamakla birlikte sizi gerçek aşka götürmeyebilir. Ama yine de denemek istiyorsanız, dikkatli bir şekilde ve gerçekçi beklentilerle yaklaşın. Sizin gibi oradan geçmekte olan ve aradığınız erkeğe benzeyen biriyle karşılaşabilecek kadar şanslı olabilirsiniz.

En iyi balıkçılık arkadaşları

Dostlar kendimiz için seçtiğimiz akrabalarımızdır.

Kontes Diane
Les Glanes de la Vie (1898) kitabının yazarı

Seven Habits for Wealth and Happiness kitabının yazarı Jim Rohn şöyle yazmış: "Hayatınızdan olumsuz etkileşimin tohumlarını söküp atın. Bir sonraki ürününüzün ne kadar bereketli olduğuna inanamayacaksınız." Aşk arayışı avınızda size yardımcı olacak kadın ya da erkek iyi arkadaşlar seçmeniz için işte aramanız gereken önemli nitelikler.

SİZİ MOTİVE EDECEK ARKADAŞLAR: Coşkusu ve iyimser enerjisiyle sizi olumlu etkileyecek arkadaşlar edinin. Sizi aşağıya çekecek olumsuz insanlardan uzak durun. En uygun aşk avı arkadaşları, bu uğraşı seven ve yeni şeyler denemekten hoşlanan, mücadeleci olanlardır. Bırakın, sırdaşınız olsunlar. Bırakın, şakacı ve oyuncu yanlarıyla sizi hafifletsinler.

ŞEKERİ SİZİNLE PAYLAŞAN ARKADAŞLAR: İyi arkadaşlar tüm zaferi açgözlülükle kapmazlar ve erkeklerin tüm ilgisini kendi üzerlerine çekmek istemezler. Bir grubun başarısı herkesin katılımıyla mümkündür. İyi bir arkadaş ile siz, anahtar ile kilit gibisinizdir. Ama bunun için iki tarafın da üstüne düşeni yapması gerekir. Başkalarına verecek armağanlarınız için size de yer açacak arkadaşlarla ilişki kurun.

SATIŞINIZI YAPACAK ARKADAŞLAR: Sizin en iyi yanlarınızı diğerlerine anlatabilmenin en iyi yolu sizin yokluğunuzda dostlarınızın bunları ifade etmesidir. İyi dostlar, iyi yanlarınızı duyurmaktan hoşlanan, zayıflıklarınızdan haberleri yokmuş gibi davrananlardır. Siz alçakgönüllülükle iyi yanlarınızı insanların gözüne sokmaktan kaçınma eğilimindeyken onlar sizinle ilgili olumlu görüşlerini diğerleriyle paylaşırlar.

SİZİ GEZDİRECEK ARKADAŞLAR: Çoğunlukla yalnız gidemeyeceğiniz ya da gitseniz de kendinizi rahat hissetmeyeceğiniz yerlere dostlarınızla gidebilir ve sosyal avlanma alanlarınızı genişletebilirsiniz. Yeni yerlere gitmek, bir balık avı gezisine çıkmak gibidir. İyi dostlardan oluşan bir grup, bu eğlenceli macera ortamını yaratabilir ve sizi büyük balıkların olduğu yerlere götürebilir.

SİZİ KORUYAN ARKADAŞLAR: Erkeğin tüm ilgisini kendi üzerinde toplamak için kadınlar arası bir rekabet olduğu savı beylik bir sözdür. Tüm kadınlar böyle değildir, üstelik yokluğunuzda rakiplerinizin dostça olmayan saldırılarından sizi koruyacak olan da iyi bir arkadaştır. Bir dost size mücadeleyi kazanmanızda yardımcı olabilir. Bazen en büyük ve en çok zarar veren saldırılar hayatınızdaki ummadığınız kör noktalardan gelebilir.

STANDARDINIZI YÜKSELTEN ARKADAŞLAR: İyi dostlar gerçekte istediğiniz ideal kişi olmanızda size yardımcı olurlar. Kendinizi aşağı çekmenize izin vermezler. Başınızın dik durması ve hep ileriye bakmanız konusunda yardımcı olurlar. Yaşam amacınızın ne olduğunu ve gerçekleştirebileceklerinizi bildikleri için bunu uygulayabilmeniz ve layık olduğunuz şeylere kavuşabilmeniz için yardımcı olurlar. Dostlarınız sizi yukarılara taşırlar ve standardınızı yükseltirler.

Sonuç olarak: Etkileşimin gücünü küçümsemeyin. Birçok arkadaş edinin ve aşk avının tadını çıkarın.

Bir bekâr ne zaman ürker?

Bir erkeği bir daha görmek istemiyorsanız ona, "Seni seviyorum, Seninle evlenmek istiyorum. Senin çocuklarını doğurmak istiyorum" deyin. Arkalarına bakmadan kaçacaklardır.

Rita Rudner, komedyen
The New York Times da (1985) çıkan bir yazıdan

Balıkçılıkta eski bir deyiş vardır: "Ürkmüş balık yakalanamaz." Aynı şey romantik aşk ilişkisi için de geçerlidir. Ama ürken bekârlar söz konusu olduğunda kabahat eşit olarak paylaşılmalıdır. Bazen erkekler kadının gerçek değerini anlamazlar. Bazen de kadın elinde olmadan erkeği kendine çekmek yerine (fiziksel, duygusal ve ruhsal olarak) uzaklaştırır.

Lütfen erkeklerin, ilişkinin başında ürküp kaçmasına neden olan bu dürüst ama politik olarak yanlış şeylerin olduğu listeyi kendiniz için inceleyin. Akıllı kadınlar erkekleri "ürküten" bu listedeki maddeleri aşka bir şans tanımak ve minimuma indirgemek için ellerinden geleni yaparlar. Bu listedeki maddelerin erkek bir kere size âşık olduktan sonra çok az önemli olduğunu ya da hiç öneminin kalmadığını unutmayın. (Yararlı öğüt: Olta iğnenizi erkenden hazırlayın!)

En önemlisi bu hassas konuların moralinizi bozmasına izin vermeyin. (Kural #1: Sinirli balıkçılar balık tutamaz!) Bunun yerine, bırakın, bu genel bilgiler size daha olumlu davranışlar, daha iyi sonuçlar ve aşk hayatınızda iyi neticeler alacağınız yolda rehberlik etsin.

BEKÂR TAKINTILARI: NE ZAMAN BÜYÜK AŞKIN

KARŞISINDA ENGEL VARDIR?

☆ Fiziksel olarak uyumlu olunmadığında: Erkek kısa, kadın uzun olduğunda.
☆ Coğrafi engel varsa: Kadın çok uzakta yaşadığında.
☆ Yaş faktörü: Kadın erkeğin flört etmek için uygun bulmadığı bir yaşta olduğunda.
☆ Kadınsı değilse: Erkeğin zevklerine göre fazla erkeksi kaldığında.
☆ Mesleği uygun değilse: Kadının yaptığı iş erkeği rahatsız ettiğinde.
☆ Kadın çok güçlüyse: Kadının gücü onu ürküttüğünde.

5 DUYU: NE ZAMAN HEMEN GERİ ÇEVRİLİR?

☆ Çok fazla sigara içiyor veya uyuşturucu kullanıyorsanız.
☆ Çok fazla makyaj yapıyor veya cildiniz çok bozuksa.
☆ Onun hiç hoşlanmadığı bir parfüm kullanıyorsanız veya çok aşırı kullanıyorsanız.
☆ Kötü giyiniyor veya yakışıksız/ kendinize uygun olmayan şeyler giyiyorsanız.
☆ Temizlik kurallarına uymuyorsanız; ağzınız veya vücudunuz kötü kokuyorsa.
☆ Sağlıksız, formsuz görünüyorsanız veya enerjisizseniz.
☆ Duruşunuz, yürüyüşünüz, bedeninizin genel duruşu kötüyse.
☆ Kaşlarınızı çok çatıyorsanız ya da gülüşünüz doğal değilse.
☆ Saçlarınız kirliyse veya dokunulması hoş bir duygu yaratmıyorsa.

UYUMSUZLUK: BİLİNÇALTI ÇATIŞMA OLDUĞUNDA

☆ Sesiniz kulağa hoş gelmiyorsa.

☆ Çok güçlü bir yabancı aksanınız varsa veya sesiniz çok genizden geliyorsa.

☆ Çok hızlı, çok yavaş veya çok yüksek sesle konuşuyorsanız.

☆ Birini çok fazla veya çok az göz temasıyla rahatsız ediyorsanız.

☆ Karşınızdakiyle hiçbir ortak noktanız yoksa.

☆ Konuşurken birine çok yakın ya da çok uzak duruyorsanız.

GÜVEN SEVİYESİ: EN BÜYÜK DÜŞMANINIZ İÇİNİZDEYSE

☆ Aşırı derecede utangaç, ürkek, sessiz veya derin bir bunalımdaysanız.

☆ İntihar veya "ölümcül cazibe" eğilimindeyseniz.

☆ Doğal coşku eksikliği varsa veya çok negatifseniz.

☆ Zararsız yorumlara veya en ufak eleştirilere bile katlanamıyorsanız.

☆ Çabuk moraliniz bozuluyorsa veya iltifattan anlamıyorsanız.

KİŞİLİK GARİPLİKLERİ: BİRAZ GARİP GÖRÜNÜYORSANIZ

☆ Garip bir espri anlayışınız varsa veya olmadık yerlerde gülüyorsanız.

☆ Garip kılıklar giyiyorsanız veya acayip bir zevkiniz varsa.

☆ Aşırı hareketli, huysuz veya duygusal olarak gerginseniz.

☆ İnsanlara gözünüzü dikip uzun uzun bakıyorsanız veya garip bir kahkahanız varsa.

☆ Çok fazla dramatik yüz ifadesi kullanıyorsanız.

☆ Büyücülük gibi faaliyetlere veya tuhaf bir dine aşırı ilgi duyuyor veya bir mezhebe üyeyseniz.

☆ Garip huylarınız veya yakışıksız bir lakabınız varsa.

☆ Garip veya sağlıksız yeme içme alışkanlıklarınız varsa.

SOHBET: SÖYLEDİKLERİNİZ ALEYHİNİZE ÇALIŞIRSA

☆ Sudan konular hakkında sürekli dedikodu yapıyorsanız.

☆ Şirin görünmek için sürekli bebek gibi konuşuyorsanız.

☆ Çok dik kafalıysanız veya çok önyargılıysanız.

☆ Kaba saba konuşuyorsanız veya "ishal oldum" gibi tiksinti uyandıran laflar ediyorsanız.

☆ Konuşurken ellerinizi kollarınızı abartılı olarak kullanıyorsanız.

☆ Çok fazla soru sorup rahatını kaçırıyorsanız.

☆ Sürekli hoş olmayan konular açıyorsanız.

☆ Sürekli özellikle karamsar sonuçlar çıkarıyor veya her şeyi bilirim tavrındaysanız.

☆ Araya girilme olanağı tanımayan uzun kişisel öyküler anlatmakta ısrarcıysanız.

☆ Rahatsızlık verici "ben şuradayken, şunu yaparken" gibi cümleler kuruyorsanız.

DİNLEYİCİ REYTİNGİ: KÖTÜ BİR DİNLEYİCİYSENİZ

☆ Cümlelerini tamamlıyorsanız veya gramer hatalarını düzeltiyorsanız.

☆ Dinlemekten çok konuşmaya zaman ayırıyorsanız.

☆ Diğerleri konuşurken sözlerini kesme alışkanlığınız varsa.

☆ Karşınızda konuşana olumlu bir karşı etki göstermiyorsanız.

☆ Sohbeti kendinize ve kendi ilgi alanlarınıza odaklıyorsanız.

☆ Talep edilmediği halde tavsiyelerde bulunuyorsanız.

☆ İnsanlar ağır konuştukları zaman, hızlanmaları konusunda uyarıp ısrar ediyorsanız.

DUYGUSAL YÜK: ONU AŞAĞIYA ÇEKİYORSANIZ

☆ Alaycı, iğneleyici, hor gören veya züppeyseniz.

☆ Duygusal sahneler yaratıyorsanız; veya şiddet eğilimliyseniz.

☆ Zararsız erkeksi davranışlar karşısında aşırı tepkisel yargılarda bulunuyorsanız.

☆ Hep kurbanmış gibi davranıyorsanız.

☆ Diğer erkeklerle yaşanmış eski kırgınlıklarınızdan çok fazla söz ediyorsanız.

☆ Aşırı derecede eleştirel, suçlayıcı veya sürekli şikâyet halindeyseniz.

KİŞİLİK KUSURLARI: YANLIŞ BİR ŞEY YAPILDIĞI ZAMAN

☆ Açık bir yalan söyler, hırsızlık, sahtekârlık yapar ya da bunlara göz yumarsanız.

☆ Başka erkeklerle düşüp kalkarsanız.

☆ Kanuni veya ahlaki olmayan eylemler içindeyseniz.

☆ İnsanları isteyerek kırıyorsanız veya onlara kötü davranıyorsanız.

☆ Sorumluluklarınızı ve görevlerinizi yerine getiremiyorsanız.

☆ Önüne gelenle birlikte olduğunuza dair kötü bir ününüz varsa.

☆ Evli adamlarla çıkıyor ve bunda bir yanlışlık olmadığını savunuyorsanız.

DİĞERLERİNİN NEDEN OLDUĞU SORUNLAR:
DİĞERLERİ BÜYÜYÜ BOZDUĞU ZAMAN

☆ Hakkınızda hoş olmayan şeyler anlatan arkadaşlarınız varsa.

☆ Aranızda geçenlerin tüm detaylarını arkadaşlarınıza anlattığınızı öğrenirse.

☆ Hiç arkadaşınız olmaz ve yalnız takılırsanız.

☆ Ortalıkta tuhaf ve tehlikeli insanlarla geziyorsanız.

☆ Onun en iyi arkadaşıyla veya ailesinden biriyle ters düşerseniz.

☆ Hiç mahremiyetiniz yoksa ve sürekli etrafınızda insanlar varsa.

☆ Toplum içinde çirkin ağız dalaşlarına giriyor ve en kötü yanınızı gözler önüne seriyorsanız.

☆ Olmadık zamanlarda her şeye karışan arkadaşlarınız varsa.

☆ Eski erkek arkadaşınızın ne kadar vahşi ve kıskanç olduğundan söz ediyorsanız.

UYUMSUZ OYUN ARKADAŞI: KİMYALAR UYMUYORSA

☆ Aşırı şamatacıysanız ve bu uğurda hiçbir fırsatı kaçırmıyorsanız.

☆ Erkekleri elde etme konusunda saldırgansanız.

☆ Her şeyi kontrolünüz altında tutmak ve her şeyden sorumlu olmak istiyorsanız.

☆ Hep bir aziz edalarındaysanız.

☆ Flörtünüze annesi gibi davranıyorsanız.

☆ Gençlik heyecanına, masumiyetine, neşesine ve oyunculuğuna sahip değilseniz.

☆ Nasıl seksi veya dişi olunacağı konusunda hiçbir fikriniz yoksa.

YAŞAM TARZI UYUŞMAZLIĞI:
GELECEK GÜÇLÜKLERLE DOLU GÖRÜNÜYORSA

☆ Evinizde çok sayıda evcil hayvan varsa özellikle de kediler her yerdeyse.

☆ Sevimsiz veya aşırı yaramaz çocuklarla yaşıyorsanız.

☆ Zevksiz bir şekilde veya mezbele bir yerde yaşıyorsanız.

☆ Aşırı feminist, militan politik fikirlere sahip veya aşırı herhangi bir şeyseniz.

☆ Onun spor tutkusuna karşı tam anlamıyla duyarsızsanız.

☆ Eviniz aşırı kız evi tarzında dekore edilmişse.

☆ İleride temel sorun haline gelebilecek ırksal ya da inançsal bir ayrılığınız varsa.

☆ Önemli bir sınıfsal veya kültürel farklılığınız varsa.

☆ Yeme, uyuma ve yaşama alışkanlıklarınız birbirinden çok farklıysa.

☆ Seyahat ve tatil anlayışlarınız birbirine uymuyorsa.

PARASAL DÖNÜM NOKTASI:
GEREKSİNİMLER PAHALIYA MAL OLACAKSA

☆ Sıklıkla biyolojik saatinizin ilerlediğinden söz ediyorsanız.

☆ Çok fazla kredi kartınız olup alışveriş tutkunu olduğunuz aşikârsa.

☆ Hiçbir zaman alamayacağı, hayalinizdeki evden ve düşlediğiniz ama onun sağlayamayacağı yaşam standardından söz ederseniz.

☆ Parasal ve mesleki konularda tuhaf olduğunuza dair namınız varsa.

☆ Şehrin kötü bir semtinde oturuyor ve külüstür dökülen bir araba kullanıyorsanız.

☆ Kötü ya da uzmanlık gerektirmeyecek, geçindirmeyecek bir işiniz varsa veya işsizseniz.

İKİ KİŞİLİK YEMEK: RESTORAN SORUNU VARSA

☆ Garsonlara kaba davranıyorsanız.

☆ Adabı muaşeret kurallarına uymadan kaba saba yemek yeme tarzınız varsa.

☆ Her zaman mönüdeki en pahalı şeyleri ısmarlıyorsanız.

☆ Birlikte çıktığınızda iyice sarhoş oluyor ve kusuyorsanız.

☆ Tutumlu bir erkekse, en pahalı içkileri ve tatlıları ısmarlıyorsanız.

☆ Yemek konusunda aşırı seçici ve tatmin edilmesi çok zor biriyseniz.

RADEVUYA ÇIKARKEN YAPILAN HATALAR:
NE ZAMAN SINAVI GEÇEMEZ

☆ Toplum karşısına çıkarken ya da büyük bir etkinliğe katılırken uygunsuz bir şekilde giyiniyorsanız.

☆ Çok kötü bir dansçı olmanıza karşın dans etmekte ısrar ediyorsanız.

☆ Toplum içinde küçük düşürücü duygusal sahneler yaratıyorsanız.

☆ Birlikte çıktığınızda başkalarıyla flörtleşiyorsanız.

☆ Birlikte çıktığınızda cep telefonuyla uzun uzun konuşuyorsanız..

☆ Herhangi bir konu hakkında teşekkür edip minnettarlığınızı göstermeyi unutuyorsanız.

☆ Birlikte çıktığınızda etraftaki yakışıklı erkekleri ona gösteriyor, onlardan bahsediyorsanız.

UYUMSUZ SEKS: YATAKTA ONU ÇILDIRTAN ŞEYLER

☆ Kötü öpüşürseniz veya hemen öpüşmek konusunda cüretkâr davranırsanız.

☆ Yakınlaştığınız zamanlarda temiz olmazsanız.

☆ Rahatsızlık verici, alışılmışın dışında çarpık cinsel yaklaşımlarınızla onu şaşırtıyorsanız.

☆ Onu heyecanlandırmak adına başarısız bir şekilde açık saçık konuşuyorsanız.

☆ O daha tam hazır değilken çok vahşi, çok cüretkâr ve gürültülüyseniz.

☆ O özel anda ağzınızdan çılgınca şeyler kaçırıyorsanız.

AŞK BASKISI: HER ŞEY ONUN İÇİN ÇOK ÇABUK GELİŞTİYSE

☆ Evinde çok sayıda kişisel eşyanızı bırakırsanız.

☆ Ona özellikle ilişkinin başlarında "tatlım", "cicim", "balım" gibi evcil hayvanlarınıza kullandığınız kelimelerle sempati gösterisi yaparsanız.

☆ O size henüz bir şey hediye etmemişken onu hediye yağmuruna tutarsanız.

☆ İlişkinin başlarında ona olan güçlü duygularınızı açığa vuracak kartlar gönderirseniz.

☆ Onu sık sık arayıp uzun mesajlar bırakırsanız.

☆ Size karşı olan duygularını sık sık açıklamasını isterseniz.

☆ Sadece birkaç kez birlikte çıktıktan sonra ondan "erkek arkadaşım" diye söz ederseniz.

☆ Çift olduğunuzu sıklıkla vurgulayıp evlilik planlarından söz ederseniz.

☆ Onun sizi beğenip beğenmediği daha belli olmadan onu belirgin bir şekilde beğeniyorsanız ve bunu dillendiriyorsanız.

☆ Ondan teklif almadan ailesiyle tanışmak konusunda ısrarcı olursanız.

☆ O henüz bunu düşünmeden ona "Seni seviyorum" dediyseniz.

EVLİLİK KORKUSU: BAĞLANMAK PANİK YARATIYORSA

☆ İlişkinin daha başında birlikte yaşamak konusunda ısrarcı oluyorsanız.

☆ Kocaman, pahalı ve resmi bir düğün yapmaktan söz ediyorsanız.

☆ Evlenince çalışmayıp tam zamanlı ev kadını olmak isteğinizden söz ediyorsanız.

☆ Nişandan veya sözden sonra o ana kadar konuşulmamış bir dolu sorundan söz etmeye başladıysanız.

☆ Nişandan veya sözden sonra karşısına yeni radikal kurallar koyarsanız.

Erkekleri kaçırmak üzerine notlar

Erkekler bilinçaltlarında kadınlardan korkarlar.

Nellie McClung Kanadalı yazar
Quotatios About men By Women (1993) kitabından

Tüm ülke radyolarında yaptığım programlarımda gördüm ki hiçbir şey benim "kaçırma" tezim kadar insanları tahrik etmiyor. Bu yüzden "aşk için avlamak" anlayış kalıbımla ilgili açıklık kazandırmak adına sizin için, hatırlamanın yararlı olduğunu düşündüğüm noktaları derledim.

KORKAN BALIK (ERKEK) YAKALANMAZ: Ufacık da olsa negatif bir titreşim balığın kaçmasına neden olur. Kokmuş bir balığı veya erkeği avlamak için tekrarlanan atılımlar kesinlikle yararsızdır. Bu özel balığı tekrar oltanıza takabilmeniz için üzerinden yeterli zaman geçmeli ve mutlaka oltanın ucundaki yem değiştirilmelidir.

KAÇMAK, GENELLİKLE OLTAYA TAKILMADAN HEMEN ÖNCEDİR: Erkeği kaçırma süreci genellikle karşılaşmadan hemen sonra gelir. Belli etmeyecek kadar zeki olsalar da ilk tanışma ve çıkma süreci erkeklerin korunma mekanizmalarının en yüksek olduğu andır. Bu süreçte yapmanız gereken, onu rahatlatmak ve elinizden geldiğince onu değerlendirmekte olduğunuzu belli etmemektir.

KORUNMA GÜDÜSÜ GÜÇLÜYKEN ONU KAÇIRIRSINIZ: Kadının erkeği ürkütüp kaçırması, genellikle erkeğin tehlikeye karşı çok duyarlı olduğu ilk çıkış dönemlerinde olur. Bu süreçte özellikle çok akılcı davranılmalıdır. Eğer sizi ilk çıkıştan sonra "Neden aramadı?" diye düşünüyorsanız bilin ki onu ürkütüp kaçırmışsınızdır.

SAVUNMASI DÜŞÜKKEN AVLAYIN ONU: Erkeği, savunmasızken ve sizin güçlü olduğunuz konumda oltaya takabilirsiniz. Erkek, iyi yaptığınız şeyleri, doğallığınızı gördüğünde size hayran olacaktır. Birçok erkek için küçük bir mesafenin rahatlığında âşık olmak, baskı altında ve çok yakınken âşık olmaktan daha kolaydır...

SİZİ GERİ ARAMASI İÇİN NE YAPMALI: Onu ilk baştan kaçırmamayı sağlayabildiyseniz ve aranızda belli bir mesafeyi koruyabildiyseniz size hayran olmaya başlamıştır. Bundan sonra sizi aramasını sağlayan duygusal açlık çekmesidir. (sayfa 204)

SİZİ DEFALARCA ARAMASI İÇİN NE YAPMALI: İlk duygusal açlık nedeniyle arayıp doyuma ulaştıktan sonra sizi tekrar aramasını sağlamak için iş sizin kadınsı becerinizle onu baştan çıkarmanıza kalmıştır. (Sayfa 166) Patron, ermiş, anne, dost ve oyun arkadaşı diyeceğimiz beş kadınsı duruşunuzla onu elde edecek ve sizden hiç bıkmamasını sağlayacaksınız.

ONU ÜÇLÜ OLTA İĞNESİYLE YAKALAYIP DİKKATLİCE SUDAN ÇIKARIN: Büyük balığı aşk sözüyle elde edebilmek için ruhuna derin bir duygusal, fiziksel ve en önemlisi ruhsal kancanızı ustalıkla atmalısınız. Kendine "İşte aradığım kadın!" dediğinde onu artık sudan dikkatlice çıkarma zamanı gelmiştir. Çünkü filenizin güvenli ortamı ve rahatlığı ona amaçsız bir şekilde sosyal dünyada yüzüp durmaktan çok daha uygun gelecektir.

Sonuç olarak: Onu savunması güçlüyken ve siz zayıfken ürkütüp kaçırırsınız.
Onun savunması düşük, siz güçlüyken avlarsınız.
Güvenli duygusal, fiziksel ve ruhsal bağlılıkla kendinize bağlarsınız.

Savunmasız bir erkek nasıl yakalanır?

En önemli sosyal hüner diğerlerini rahatlatmaktır.

Steve Nakamoto

Ben âşık olmanın özünün şu olduğuna inanıyorum: Onu savunması güçlüyken ve siz zayıfken ürkütüp kaçırırsınız. Onun savunması düşük siz güçlüyken avlarsınız. Onları ürkütüp kaçırmadan avlamak zorundasınız, yoksa kaybedersiniz. Unutmayın, erkekler balığa benzer ve ürkmüş balıklar (erkekler) yakalanamazlar. İşte size erkeği savunmasız hale getirip bu durumdan olabildiğince yararlanabilmeniz için bazı ipuçları:

SİZİ BELLİ BİR MESAFEDEN İZLEMESİNİ SAĞLAYIN: Çok iyi olduğunuz alanlarda düzenlenen etkinliklere katılıp onun bulunduğu yerin güveni içinde sizi izlemesini, hayran olup takdir etmesini sağlayın. Örneğin bir parti ortamındaysanız, bulunduğu yerden insanların sizi nasıl takdir ettiklerini fark edip hayran olacak ve bu sizin nasıl farklı biri olduğunuz hakkında sosyal bir kanıt sunacaktır ona.

KENDİSİNE GÜLMESİNİ SAĞLAYIN: Bir erkeğe onu gücendirmeden şakalar yapmak ince bir sanattır. Bu tür onu ilgilendiren masum takılmalar yalnızsanız ya da yakın dostlarınızla birlikteyseniz yapılır. Ama unutmamanız gereken şey, hangi durumda olursa olsun onu utandıracak, küçük düşürecek hatalar yapmamanız gerektiğidir.

KENDİNİZİ ÇOK CİDDİYE ALMAYIN: Kişiliğinizin zor olmayan, incinebilir olmayan yanlarını gözler önüne sererseniz o da öyle yapacaktır. Eğer çok ciddi bir yapınız varsa biraz mizahtan yararlanmaya çalışın. Öte yandan çok gülünç biriyseniz biraz ciddi olmaya çalışın.

KÜÇÜK DOZLARDA ACIMASIZCA DÜRÜST OLUN: Açık sözlü bir insan olduğunuz duygusunu yaratın ve küçük dozlarda acımazca dürüst olduğunuzu göstererek zayıf olmadığınızı belli edin. Bu, numara yapmadığınız, sahte olmadığınız ama gerçek duyguları olan biri olduğunuzu gösterir. İçten bir şekilde davrandığınızı görmek karşınızdakini de öyle davranmaya itecektir.

AYDINLANMASINI SAĞLAYIN: Eğer sorduğunuz bir soru ya da tartışılan bir konu karşısında erkeğin rahatsızlık duyduğunu sezerseniz hemen bunun aslında çok da önemli olmadığını, konuya olumlu ya da olumsuz yaklaşmasının bir şey değiştirmeyeceğini söyleyin veya hemen konuyu değiştirin. Erkekler genellikle kadınların doğal tepkilerinden çekinirler ve üzüp kırmamak için bir şey söylememeyi tercih ederler.

KİBARLIK İLE RAZI OLMAK OLGULARINI KARIŞTIRMAYIN: Kibarlık, genellikle bir saygı göstergesi olarak kabul edilir, ama bunun aynı zamanda karşınızdaki insanın size tedbirli yaklaştığı anlamını taşıyabileceğini de unutmayın. Erkek sizi üzmemek, düş kırıklığına uğratmamak adına kibarca size katılıyormuş, itaat ediyormuş gibi görünebilir, ama sonrasında bundan rahatsız olacağı için sizinle mümkün olduğunca karşılaşmamaya çalışacaktır.

ASLINDA HER ŞEY KENDİNİ RAHAT HİSSETMEKLE İLGİLİ: Erkek için sevdiği kadın en yoğun duygusal sırlarını mutlulukla paylaşabileceği kişidir. O kadın kendisini güvende hissetmesini ve doğal haliyle huzur içinde olmasını sağlar.

Sonuç olarak: İnsanları rahat ettirmenin ve yanınızda huzur buldurmanın yöntemlerini öğrenin ve bu konuda ustalaşın. Bu sayede birçok dost edinebilir ve aşk konusunda şansınızı artırabilirsiniz. Rahat ve güven, samimiyet ve aşkla el eledir.

Yedi duygusal açlık

Duyguları gözlemlemeyi severdi;
bu diğerlerinin kişiliklerinin bilinmezlik karanlığına dizilmiş,
incinebilirlikleri gösteren kırmızı fenerler gibiydi...

Ayn Rand
Atlas Shrugged (1957) kitabının yazarı

Herkesin mutlu ve doyumlu olmak için temel insani coşkulara ihtiyacı vardır. Bu duygulardan herhangi birinde beslenmeyen insan doğal olarak onu zarafetle hemen doyurabilecek insanlara yönelir. Bir avcı yemini ısırmayan bir balıkla (erkekle) karşı karşıyaysa ve bunun hüsranını yaşıyorsa balık bu açlığını başka kaynaklardan doyuruyor anlamına gelebilir. İşte erkeklerin aşk ihtiyacını çektikleri yedi anahtar açlık.

İSTİKRAR AÇLIĞI: Erkeğin daha olgun bir kadın seçmekteki önemli nedenlerinden biri, böyle bir kadının ilişkiye sunduğu, istikrar, güven ve huzur duygusudur. Belirsizliklerle dolu bu dünyada en değerli şeylerden biri kuşkusuzluk, kesinlik duygusudur.

SÜRPRİZLERE DUYULAN AÇLIK: Genç bir kadının daha yaşlı bir erkeğe cazip gelme nedenlerinin başında kadının aşk hayatına katacağı beklenmedik hoş hazlar gelir. İstikrarın değerinin yüksek olduğu kadar erkeğin hayatına heyecan, değişiklik ve kendiliğindenlik kattığı için olacak ufak belirsizlikler de değerlidir.

TAKDİR EDİLME AÇLIĞI: Erkek sahip olduğunu düşündüğü değerlerinin takdir edilmesini ister. Bir kadın tarafından gerçek anlamda takdir edildiği zaman kendini insan olarak özel hissedecektir.

AİT OLMA AÇLIĞI: Erkeğin kalbinin derinliklerinde bir yerlerde gerçekten de o kadına ait olma duygusu olmalıdır. Bir yandan insan olarak tek olmaktan, benzersiz olmaktan hoşlanırken öte yandan da bir takımın önemli, gerekli parçalarından biri olduğunu da duyumsamak ister.

DAHA İYİ BİR YARIN İÇİN ÖZENDİRİCİ UNSUR AÇLIĞI: Aşkın sürmesi için büyümesi gerekir. Erkek kendisi için daha parlak ve heyecan verici bir yarın hazırlamakta ona büyük ölçüde yardımcı olacak ve katkıda bulunacak bir kadının açlığını çeker.

VERME AÇLIĞI: Gerçek aşk, bir yandan verirken bir yandan alma sanatıdır. Bir erkek duygusal armağanlarını dürüstlükle ve minnetle kabul eden bir kadına açlık duyar. Büyük bir yorumcu gibi izleyicisi olan kadının kendisini sıcaklıkla takdir etmesinden ilham alır.

MİNNETTARLIK DUYMA ÖZLEMİ: Gerçek aşkın büyüsünü hisseden erkek çok ender olarak kadınla olan ilişkisinde çıkarları üzerine kafa yorar. Bunun yerine bu özel kadının hayatına girmiş olmasından dolayı sadece minnettarlık duyar. Bir erkeğin en büyük ihtiyacı, hayran olduğu, sevdiği kadına sahip olabildiği, onun tarafından sevildiği için dizlerinin üzerine çöküp şükretme ihtiyacıdır.

Sonuç olarak: Erkeğin en büyük duygusal açlıklarını doyurarak sarsılmaz bir bağlılık yaratın. Bir erkeği mutluluk, doyum, neşe ve huzurun derin duygularına taşıyacak tek kaynak olun.

Balıkçılar için öfke yönetimi

Karşı cinse düşmanınız gibi bakmayı bırakın.

Abby Hirsch, köşe yazarı

Bir erkeğin sizin kıymetinizi bilmesini istiyorsanız öncelikle onu anlamalı ve takdir etmelisiniz. Böylece karşılığında ondan şefkat görebilmek için daha elverişli bir durumda olursunuz. Verimli bir duygusal durumda olabilmeniz ve bozgunlarınızı en aza indirgemeniz için bazı ipuçları:

EĞER KASITLI DEĞİLSE ÇOK FAZLA KIZMAMALISINIZ: İnsanlar bazen istemeden karşılarındakini üzebilirler. Bu durumlarda onu affedin, çünkü kasıtlı değildir.

KAZAYLA YAPILMIŞ VEYA SÖYLENMİŞSE ÇOK KIZMAYIN: İnsanlar bazen bazı önemsiz anlamsız şeyler söyleyip veya yapıp canınızı yakabilirler. Ama çoğu kez yaptıkları hatayı anlayınca istenmeyen davranışlarına son verirler. Eğer onların bu davranışları tekrarlanmıyorsa çok fazla kızmayın.

EĞER AŞIRI DEĞİLSE SADECE ORTALAMANIN BİRAZ ÜSTÜNDE TEPKİ VERİN: Bazen acı veren bir davranış faydalı olabilir, çünkü daha büyük ve sürekli acılardan sizi sakınıyordur. Bu durumda kendi şartları içinde uygun bir amaçla yapıldığı için affedilebilir.

AMA DAVRANIŞ BUNLARIN ÜÇÜNÜ DE KAPSIYORSA YANİ; KASITLI, KAZAYLA YAPILMAMIŞ VE UYGUNSUZSA, ŞÖYLE YAPMALISINIZ:

1) NİYETİNİZİ PEŞİNEN BELLİ EDİN: Onu kısa vadede yaralayabilecek ama uzun vadede ona güvenmeye devam etmeniz adına açıklmakta yarar gördüğünüz bir şey olduğunu söyleyin.

2) PAYLAŞMAK İÇİN İZİN İSTEYİN: Ona duyduğunuz saygı nedeniyle söylemek istediklerinizi izin verirse söyleyeceğinizi belirtin. Onu savunmasız yakalamak istemediğinizi söyleyin ve olayı olduğundan daha acı verici hale getirmeyin.

İZİN VERMESİNİ BEKLEYİN: İzin verirse, "Emin misin?" diye sorun. Değilse "Sen hazır olunca ben de hazır olacağım" deyin.

DURUMU AÇIKÇA BELİRTİN: Şöyle başlayın: "Yaptığın şeyi hak etmedim." Biraz ara verip durumu açıkça ve özetle anlatın. Sonra ondan beklentinizi açıklayın. (Durumu kolaylaştırın.)

KAVGAYA SON VERİN: Negatif duygular hissetmeye başladığınız anda hemen durun, tartışmayı kesin ve şöyle deyin: "Şunu söylemek istiyorum ki kızgın değilim, sadece düş kırıklığına uğradım. Bence sen göründüğünden daha iyi bir insansın."

Not: Bedelleri ağır değilse düş kırıklıklarınızı kontrol altında tutun, ama önemli sonuçlar doğuracak gibiyseler güçlü olun. Kaliteli bir erkek, söz konusu olay açığa çıktığında küçük olaylar karşısında yıkılmadığınızı görüp ortaya koyduğunuz kişiliğe saygı duyacaktır.